吹部！

赤澤竜也

角川文庫
19811

都立浅川高校吹奏楽部　主な登場人物

三田村昭典《みたむらあきのり》……吹部顧問。指揮。都立浅川高校教諭。通称ミタセン。空気を読まない子どものような大人だが、音楽に関する洞察力は人一倍で天才的な音感を持っている。その素性はまったく不明な謎の人物。

西大寺宏敦《さいだいじひろあつ》……二年生。担当楽器オーボエ。音楽一家に育ち幼少時より音楽のエリート教育を受けるが、中三時に父親と衝突。音大附属高校への推薦を拒否し、地元の浅川高校に進学。持ち前の運動神経で野球部のエースになるが、ケガで退部。沙耶とは幼なじみ。

鏑木沙耶《かぶらぎさや》……二年生。担当楽器チューバ。ごく平凡な女子高生。ほぼ崩壊状態だった吹奏楽部でのんん気に暮らしていたが、転任してきた三田村からむりやり部長にさせられ、吹いたこともないチューバを任されるハメに。

奥谷遙《おくたにはるか》……三年生。担当楽器フルート。木管全体を仕切る、フルートのパートリーダーでもある。マジメで融通のきかない性格。ミタセンと部員との板ばさみでいつもパニック状態になっている。

加藤《かとう》　蘭《らん》……三年生。担当楽器ホルン。茶髪でヤンキーの先輩として下級生から怖れられている。レディースを仕切っているという噂も。男グセの悪い母親とは折り合いが良くなく、自暴自棄になりがち。弟と妹がいる。

長渕詩織《ながぶちしおり》……三年生。担当楽器トロンボーン。吹部前部長。成績優秀。引退し大学進学をめざしていたが、吹部立て直しのために現場復帰し、三年をとりまとめる。冷静で柔らかな物腰の裏に熱い部分を持ち合わせる。

大磯《おおいそ》　渚《なぎさ》……二年生。担当楽器アルトサックス。アニメオタクでツインテールの隠れコスプレイヤー。黙っていれば美人な残念女子。なにごとにものめり込む性格で楽器を吹くとき最大限に揺れる。沙耶のクラスメイトでもある。

榊甚太郎《さかきじんたろう》……二年生。担当楽器パーカッション。軽音楽部でハミていたところを沙耶がスカウト。スネアを担当。いつも自分の楽器である「健太」にひとりでしゃべりかけている。演奏スタイルにこだわるタイプ。

清水真帆《しみずまほ》……二年生。担当楽器トランペット。成績優秀で温厚な性格だが、驚異的なあがり症でなにもかも本番に弱い。ミタセンに罵倒され登校拒否騒動を起こす。

副島《そえじま》　奏《かなで》……二年生。担当楽器フルート。おしゃべりで明るい関西弁のムードメーカー。黄色いカチューシャがトレードマーク。学校の内部事情に詳しい。沙耶とは仲良しグループのひとり。

八幡太一《はちまんたいち》……二年生。担当楽器トランペット。不良になりきれない不良。お調子者でひょうきんな性格。サボり癖があるが新入部員の恵那凛に一目ぼれし、部活に身を入れはじめる。

恵那《えな》　凛《りん》……一年生。担当楽器クラリネット。色白の美少女。通称エナリン。先天的な心疾患の持ち主で、そのためによく学校も休んでいる。同じ中学出身の野球部の先輩を応援するために吹部に入部する。

小早川聡美《こばやかわさとみ》……一年生。担当楽器クラリネット。かわいい外見に反して、鼻っ柱が強く直情径行《けいこう》な性格の持ち主。恵那凛が抜けたあとのクラリネットを仕切っていて、徐々にその暴走気質を露呈させる。

北川真紀《きたがわまき》……一年生。担当楽器パーカッション。マリンバなどの鍵盤打楽器の名手。普段のセミロングをポニーテールにして戦闘態勢になると人が変わったように激しく演奏する。変人、榊甚太郎は気になる存在。

一年男子三人組《いちねんだんしさんにんぐみ》……担当楽器、各コントラバス、ユーフォニアム、ファゴット。いつも三人一緒の草食系。部員たちから「一年男子たち」というくくりで呼ばれていて、誰も名前を覚えようとすらしないかわいそうな存在。

一

この際、はっきり言っておくけど吹部は体育会だ。

けっして文化系じゃない。

このことはあんまり知られていないようだ。

あっ、ちなみに吹部っていうのは吹奏楽部の略で、ぞくに言うブラバンのこと。ブラスバンドは本来、金管楽器だけの編成をさすので、最近の子は吹部という言葉をつかうようになってきた。

なぜ吹部が体育会なのかというと、まず純粋にからだを鍛えるから。肺活量が必要な吹部では腹筋、背筋のトレーニングがあるし、マーチングに取り組むともなると、なんと言っても体力勝負になるのでロードワークも欠かせない。

上下関係だって厳しい。廊下で先輩とすれ違ったのに気がつかなかったら、その日はグラウンド十周だ。これホント。

コンクールへ向けての練習がこれまたきついんだ。

その拘束時間たるやハンパない。サッカー部が毎日十時間走り続けたら死んじゃうだろうけど、吹奏楽だったら十時間ぶっとおしで演奏し続けることだって肉体的には可能でしょ。コンクール直前ともなると、起きている時間はずっと楽器を吹いているというハメになる。

もっとも体育会なみの練習量を課されるのは強豪校の話。廃部寸前だったウチの学校の吹部はのんびりとしたものだった。あの男が来るまでの話だけど……。

「行ってきまーす」

今日からは二年生ということで、大きな声をだして家をでたものの、春の陽光がふりそそぐ住宅街を歩きながら、いつものようにテンションは下がりぎみ。

あーあ、やっぱり毎日おんなじ風景なのよね。

いま住んでいる八王子《はちおうじ》郊外の新興住宅地にはこぎれいなマンションが建ち並び、あこがれるひとも多いと聞く。でもわたしはこの街が好きじゃない。広い道やなんの変哲もない街路樹、どこの国だかわかんないカラフルなマンション群につきまとう薄っぺらい感じが気にくわない。

とってつけたような明るさや清潔さって、どこかウソくさくありませんかと誰かに聞きたくなってくる。

まあ、どうでもいいんだけどさ。

わたしの名前は鏑木沙耶《かぶらぎさや》。学業、運動すべて中の中。どこにでもいる、平々凡々を絵に描いたような女子高生だ。

ショッピングモールの角を曲がり、坂の上がり下がりを二度繰り返すと小高い丘にわが母校である東京都立浅川《あさかわ》高校があらわれる。これといって特長のない共学校である。

近いということと、それほど勉強せずとも入れるという理由だけでこの学校を選んだ。もう少しがんばって二十三区内の私学にでも行っていれば、ちょっとはきらびやかな高校生活を送れたのかもしれない。

掲示してある新しいクラス割りをのぞき込む。今度は二年B組らしい。吹部の仲間を探すと大磯渚《おおいそなぎさ》だけが同じクラスだった。

渚か。ちょっとめんどくさいかもな。

ベリーロングと言っても言いすぎではないほど長い髪を二つにくくってツインテールにしていることから察してもらえるかもしれないけど、根っからのアニメオタク。いいひとなんだけど、話が専門的すぎて言っていることがよくわからない。

「沙耶ちゃん、いっしょになれたんだ。わーい、うれしい。あのね、あのね、お祝いにこれあげる」

「えっ、なに？」

「あのね、あのね、これはね、マキロンBのラムラちゃんのフィギュアなんだけど、フェミマのくじ引きで取ったの。映画バージョンの『サヨナラの飛翔《ひしょう》』でイーマ・シェリーと演奏するときのコスチュームなんだよ」

「あ、ありがとう」

きっとファンからするとお宝なんだろう。でも、その価値がわからない。渚はあいかわらずひとりでしゃべっている。黙っていれば美人でモテるんだろうけどね。

始業式が終わって教室に戻り、新しい担任が話をしている間、ずっと窓から外を見ていた。校庭の向こうには八王子の町並みが広がっている。

わたしはこの街で生まれ、ずっとこの街で育った。この街が嫌いなのは、自分自身が嫌いだから。中途半端なわたしと重なる気がしてならない。

個性のない街の個性のないわたし。退屈で平凡な日常。きっとこんな風なことばっか考えながら年をとっていくのだろう。

チャイムが鳴り、カバンに荷物を詰め込んでいると、渚が赤いリボンでくったツインテールを揺らしながら駆けてきた。

「ねえねえ、沙耶ちん、高橋《たかはし》さんが転校したの知ってた？」

「えっ？　転校？」

やる気のなかった吹部の上級生たちは三年になる時点でみんなやめちゃったので、同じ学年の高橋和江《かずえ》が新部長に任命されていた。

「知らなかったの？」

「うん」

「急にアメリカへ引っ越すことになったんだって」

「そうなんだ。せめてメールぐらいくれたっていいのに。じゃあ誰やんの、新しい部長？」

「うーん、知らない。野々っちに聞いてみないとね」

野々っちと呼ばれているのは吹部の顧問である野々宮紀子《ののみやのりこ》先生のこと。いいひとなんだけど、やる気と指導力に乏しい。野々っちがもう少ししっかりしていてくれたら吹部はこんなことになってはいなかった。

「渚は部活行く？」

「あのね、ゴメンね、今日は用事があってお休みなの。もし野々っちに会ったら、いろいろ聞いといて」

しかたなくひとりで五階までの階段を上がる。ほかのクラスはとっくに終礼がすんでいるらしく、どの教室も空っぽだ。

第二音楽室が近づいてくると、なにやら騒がしい。

そっと扉を開けてみると、なかは男子でいっぱいだった。吹部の男子は二年の八幡《はちまん》太一《たいち》だけなので、その仲間だろう。ワルぶってるけどワルになりきれず、せいぜいコンビニの前にたむろしてタバコを吸うくらいのことしかできない生半可《なまはんか》なヤツら。いつもみんなで群れている。

気後《きおく》れしてしまい、いったんは背を向けた。今日はお休みにしよう。

でも、部外者に追い出されたみたいでなんとなく引っかかる。

もう一度、戻ってみた。

盛り上がっているようなのだが、奥までは見通せない。

「ガーター、ガーター。なにやってんだよ、オメー」

イヤな予感がして、人垣をかき分ける。

ようやく前にたどりついたときには驚いた。

男子どもは学校の備品であるトランペットやクラリネットをピンに見立ててボウリ

ングをしていたのだ。

「ちょっと、これ、どーゆーことなの。やめなさいよ」

こんな風に大声で怒鳴れる性格ならよかった。

実際のところはうつむいたまま、

「やめなよ」

と聞こえているかどうかもわからないくらいの小声でつぶやいただけだった。わたしはこんなとき、ひとの目を見てしゃべることができない。

「堅いことゆーなよ。いいじゃん、どうせ誰もつかってねーんだから」

「……」

固まってしまった。

「いーよ、もう行こうぜ」

「オレたちだって放課後ティータイムしたいわけなのよね」

「なんか不気味なんだよな、この女」

「だからモテねえんだよ」

ヤツらはブーたれながら第二音楽室から出ていった。八幡太一までいっしょに帰ろうとする。腕をつかんで、

「ちゃんとかたづけてってよ」と言いたいところだが口も利《き》けない。

わたしのこわばった表情に気づいたのか、

「どうせつぶれるんだろ、吹部なんか。ゴミになるんだよ、こんな腐った楽器はよ」

ずり落ちた腰パンを引き上げながら、捨てぜりふを残して去っていった。

しかたなく、ひとりで床に並んだ金管や木管をケースに戻す。ちょっと泣きそう。

確かにどれもしばらくの間、つかわれた形跡はなく、錆《さ》びきったまま変なにおいを発していた。

かわいそうな楽器たち。

散らかった第二音楽室に静寂が広がった。

なんとなく申しわけないような気持ちを抱きながら音楽準備室に運び入れ、一つひとつ楽器庫の棚に戻す。

「どうせつぶれる」という八幡の言葉が耳にこだました。少子化の影響で学校の定員は毎年減っている。第二音楽室も音楽準備室も以前は教室だったらしい。生徒が少なくなってきたので部活動も低調だ。おととしは茶道部、去年はハンドボール部が廃部になった。

八幡たちは、そのつぶれたハンド部のボールをくすねてきてボウリングをやっていた。

気を取り直して自分のフルートを組み立てる。

わたしがつかっているのも学校の備品である。ある程度おこづかいが貯まったので、おかあさんに少し助けてもらってマイ楽器を手に入れようと思っていた。でも吹部がこんな状態だとムリして買っても意味ないな。

それにしても、部員は誰ひとり姿をあらわさない。これから新入生の受け容《い》れを考えなきゃいけないっていう時期なのに……。

「ドカン」

とてつもない勢いで音楽準備室の扉が開かれたので、思わず飛び上がる。ひとりの男がつかつかと入ってきた。

値踏みするかのようにあたりを見まわす。

「思ったより広いね。良かった。狭かったらどうしようかと思ってたんだ」

いったい誰に話しかけているんだろう。わたし以外に人がいるのかと思って周囲に目をやるものの、人影は見あたらない。

年のころは四十といったところか。ただ、お坊ちゃん顔なので、上下十歳くらいの幅は許容できそうだ。小太りで髪の毛は薄め。目つきは鋭いのだが、その視線は見事に宙をさまよっている。

「これが楽器ね。まあまあそろってるじゃん。公立だったらこんなもんでしょ。安心した。ファゴットまであるんだぁ。立派立派。あとは集めればなんとかなる」

あいかわらずこちらのことなどおかまいなしに話し続ける。楽器を気にするところをみると、吹部に関わりのある人なのだろうか。

「で、どうするの？」

結婚五年目にして関係の冷えきった、夫婦のかたわれのような口調で尋ねてきた。

「どうするってなにをですか？」

「決まってんじゃん、部活だよ。す、い、そ、う、が、く、ぶ。つぶれかけなんでしょ。野々宮さんから聞いたよ」

それはこっちが聞きたいセリフだ。

「やめたいなら、やめてもいいんだよ。ボクだって別にそんなにやりたいわけじゃないからね」

その前に、あなたは誰なんですかと問いかけたい。

こちらが無言でいると、

「ねえ、吹奏楽コンクールでたくない？」

さっきまでの高飛車《たかびしゃ》な態度から一転し、いきなり猫なで声で聞いてきた。

「はあ、でられるもんなら……」

いつまでも黙っていてはわるいかと思い、小さな声でつぶやいた。

「だろ、だろ、だろ。そんで全日本へ行こう。決まりだ」

「はい？」

吹部に関係のあるひとだと思っていたが、どうやら違ったようだ。

全日本吹奏楽コンクールは野球における甲子園のような大会。参加人数は高校の場合、五十五人以下となっており、勝ち上がってくる学校はその数をはるかに上回る部員をそろえている。三十五人以下や、二十人以下の編成でも地区のコンクールへはでることができるものの、さらに上をめざす大会には進めない。高校の吹奏楽関係者なら誰でも知っていることだ。

「全日本で金賞取るんだ。きっと気持ちいいよ」

「でも人数が足りません」

ひとりしか練習に出てこないような部活でいったいどうやって全国大会なんかへ行けるというのだろう。あなた、気は確かですかと言いたかった。

「うーん、人数ね。三年生は何人いるの？」

「十三人です。でもみんな引退しましたから」

「二年は？」

「名簿上は十五人です」

男は指を折りながら、「一年を二十人くらい入れればなんとかなるな」などとひとりごとをつぶやいている。あんまり相手にしない方がいいだろう。

「じゃあさ、とりあえず二年を集めてよ。三年はボクがやるから」

「はあ？」

「本気の生徒がひとりでもいれば大丈夫。ぜったいに大丈夫なんだから」

その本気のひとりってまさかわたしのこと？　思わず頭《かぶり》を振って否定するものの、聞いちゃあいない。

「あっ、これボクのメルアドね。あなたのも教えといて」

すばやく紙を差し出してくる。その強引さに思わずこちらのアドレスも伝えてしまった。

「じゃあ、あしたからがんばろーね」

男は胸元にメモをねじこむや、そそくさと音楽準備室から出ていった。

いったいなんだったんだろう、あのひと。名前すら聞けなかった。

翌日の部活には二年生が四人顔をそろえた。浅川高吹部の実質メンバーはこれだけだと言っていい。

トランペットの清水真帆《しみずまほ》はとってものんびりとした性格で、わたしとは一番ウマが合う。成績はダントツで学年一位なのだが鼻にかけることもない。小柄な彼女はいつもパッツンに切った前髪をいじっている。

副島奏《そえじまかなで》はその名のとおりフルートを奏でる。両親ともに生粋《きっすい》の大阪人なので、いつまで経っても関西弁が抜けない。明るいのはいいんだけど、とにかくおしゃべり。黙っていればそれなりに清楚《せいそ》なのだが、話すときに興奮してうなずくクセがあり、そのたびに黄色いカチューシャがずり落ちてくる。

同じクラスのツインテール大磯渚はアルトサックスの担当だ。

みなが集まってきたので、さっそく音楽準備室で会った謎の男のことを話した。副島奏が口を開く。

「それって、新任の先生ちゃう？」

「でも始業式で紹介されたなかにはきのうのひと、いなかったけど」

「そういえば、あとひとりいるって言ってたわね」と清水真帆が受けると、

「なんか初日から遅刻してきた教師がおるらしいで」奏は付け加える。

そのとき、奏の携帯が鳴った。社交的な彼女にはLINEや電話であちこちから情報が寄せられる。

「おつかれー、うん。え、なんやて、わかった、すぐ行く」

電話を切るや、

「沙耶ちんがきのう会ったっちゅうオッサンが、校門のとこで吹部の三年とモメてるらしい」奏はすぐさま駆け出した。思わず三人であとを追う。

上履《うわば》きのまま表に飛び出すと、加藤蘭《かとうらん》先輩らの姿が目に入る。

「だから、どけっつってんだよ」

「ヤダ」

近づいてみると、きのうの男がスライド式の門の前で両手を拡げて通せんぼしている。

蘭先輩は吹部一のヤンキー娘だ。もちろん茶髪にピアス。八王子北部のレディースを仕切っているという噂もある。怖くてろくに話したことすらない。

「帰るって言ってんだろ」

「部活に戻るまでボクはここを動かない」

「マジ、わけわかんないし。頭おかしいんじゃねえの。邪魔なんだからどけよ」

「い、や、だ」

幼児のように頭を振る。

「ビョーキだわ、こいつ。いいよ裏からでるから」

言い残すと三人はきびすを返した。その背後から、

「絶対に、絶対に、あきらめないからねー」とストーカー丸出しの言葉を投げかける。

蘭先輩たちが立ち去ったあと、男はわたしの姿に気づいたらしく、

「おお、きのうのひとではないか。鏑木沙耶さんだよね。そっちのひとたちは二年生だね。何人くらい集まったの？　ボクはがんばってるよ、あのね……」

わたしたちの方へにじり寄ってくるので怖くなり、

「またあとで連絡します！」と叫ぶと、真帆たちの手を握って音楽準備室へと駆け戻った。

四人とも肩で息をしながら椅子に腰を下ろし、

「沙耶ちんが言うとった人ってアイツなんや」

「蘭先輩に挑んでいくなんていい度胸だね」

「でもちょっと変じゃない。しゃべり方とかカマっぽいし」

「ファッションもイケてなかったよ」

謎の男の品評会をしていると、ポケットのなかの携帯が震えた。

見慣れぬアドレスのメールでタイトルは「三田村《みたむら》です」。

恐る恐る開いてみると、

〈三年生、三人ゲット。そっちは？〉

小学生がポケモンを捕まえたかのような報告文が届く。

「ウワッ。あの教師からだよ。どーしよー？」

「無視しとったらええやん」

副島奏が言うので放っておくと、

「そっちは何人だったの？」という文言のメールが十分おきに届く。

さすがに後ろめたい気持ちになってきたので、一時間後になって、

〈わたしを含め、今日お会いした四人は確保しました〉と送ると、一秒後に、

〈よかったね〉とハートマーク入りのメールが戻ってくる。

ガン無視していると、今度は五分おきに〈よかったね〉のメールが。しかも、毎回ひとつずつハートが増えていく。

「マジ、怖いんですけど」

涙片手に訴えると、ほかの三人も部員勧誘を手伝うと約束してくれた。

翌日からのメール受信欄は「三田村です」のオンパレードだった。

朝、起きた時点ですでに三通。朝食時にも授業中にもひっきりなしに入ってくる。

とにかくメールの主は、二年生部員が四人からいっこうに増えていないことを、やり玉に挙げていた。

〈ボクはきのうからさらに三人も獲得したのに、どうしてあなたはひとりも再入部させられないのですか？〉

〈またひとり、取ったどー。そっちは？〉

のべつまくなしにプレッシャーをかけてくる。

〈だいたい鏑木さんが全日本に行きたいと言い出したのに、そんなんじゃダメでしょ〉

たしなめるようなメールが来たときだけは、

〈わたしから全日本へ行きたいなんて言った覚えはありません。いつそんなことを言いましたか？〉と反論を送りつけた。

間髪を容《い》れずに返事があるのはいいのだが、

〈ほかの部活は新入生の勧誘をはじめているので、われわれもなるべくはやく二、三年生をまとめたうえ、一年生集めに移らなくてはならないですね〉

と論点をすり替えてくる。メールだけではなんとも言いがたいが、都合《つごう》のわるいことはいっさい聞き流す性格のようだ。

二時限目のあとの休み時間に、膨大なメールのごく一部を同じクラスの大磯渚に見てもらう。

「ヤバス。A・T・フィールドが決壊しちゃったね」

彼女なりの言い方で心から同情してくれた。

追い詰められたわたしは昼休みになると、副島奏、清水真帆らとともに脈のありそうな二年生のもとへ足を運んだ。

放課後もメールと電話で勧誘しまくる。

その日はなんとか五人の二年生を部活に戻すことができた。そのことを報告すると、百通にもわたる「三田村です」の嵐は突然、終息をむかえる。きのうのように〈よかったね〉攻撃はなかった。

夜になって長渕《ながぶち》詩織《しおり》先輩から電話があった。

「なんなの、あの新しい先生は！」

ひさしぶりに聞く先輩の声色は明るかった。

「先輩のとこにもメールの嵐が来てるんですか？」

「メールどころの騒ぎじゃないわ。来たのよ。直接ウチまで来たの」

長渕先輩はこの前まで吹部の部長を務めていた。部活を続けたい気持ちはあったみたいだけど、三年が全員やめると言い出したので、ひとりだけ残ってもしかたないと引退を決意した。今は六大学進学をめざして受験勉強に本腰を入れはじめたと聞いている。このひとさえ残ってくれていたら、吹部はここまで落ちぶれなかっただろう。

「もちろん学校でも口説かれたし、電話もすごかったわ。『予備校の授業料も払っちゃったから、今さら部活には戻れない』って断り続けたら、『じゃあ、親を直接説得する』と言い出しちゃって」

「で、どうなったんですか？」

「結局、ウチの親が折れちゃった。『責任を持って勉強させますので』とか言って丸め込んじゃったのよ。とりあえず一回部活に顔をだすね。それにしても沙耶ちゃんが『どうしてもコンクールにでたい』って願い出たんだって？」

「だから違うんです。あの人が勝手にそう思い込んじゃって。本当に困ってます」

「そうなんだ。なんか変だと思った」

「メールとかも毎日百通ぐらい届くんです。頭おかしくなりそう」

「とんでもないのに見込まれて大変だね。がんばってね」

「はあ」

先輩さえ戻ってきてくれるのなら、もうわたしの出る幕じゃありませんので、という言葉を飲み込む。

「でもミタセンの馬力はすごいよ」

「ミタセンって？」

「ああ、三田村先生の略。三年はそう呼んでるんだ。それより蘭の話、知ってる？あのね……」

長渕先輩の聞くところによると、ミタセンはヤンキー娘・加藤蘭先輩の家の前で待ち伏せし、蘭先輩の幼少の弟や妹に高級チョコレートを手渡して味方につけ、「お姉ちゃん、部活に戻った方がいいよ」と言わせたらしい。

二

新学期に起こった仰天《ぎょうてん》話は全部おかあさんに報告した。

爆笑の嵐でかなりウケたみたい。

わたしはおかあさんと二人暮らし。おとうさんはいない。書類上、鏑木家は三人家族なんだけど、姿は見当たらないということなのである。

おとうさんが小さいころのわたしを抱いた写真はいっぱい残っている。でも物心ついたときはすでにいなかった。

「パパはどこへ行ったの？」が幼少期のわたしの口癖。

おかあさんの答えはそのたびに違っていた。

「パパはね、お魚を獲《と》るため遠洋トロール船に乗ってるのよ。だからお魚は残しちゃだめ。パパが悲しむよ」

だからいまでもわたしはお魚が大好きだ。

テレビでニュースを見ていて中東の戦争が映ったとき、

「大丈夫かしら、パパ」とおかあさんが青ざめていたこともあった。

「どうしてなの？」と尋ねると、

「パパは戦場カメラマンとして現地に行っているのよ」と真顔で答える。

押し入れのなかで幼少期のわたしを描いたパステル画を発見し、「これ、なあに？」とおかあさんに問いかけたときは、

「なに言ってるの沙耶ちゃん、パパはストリートの似顔絵描きじゃないの」と笑われた。

かと思うと、日本からエジプトに派遣された考古学調査団の報道番組を見ていて、

「パパよ、いまパパが映ったから」と大騒ぎしたこともある。

またあるときは、家にある伊万里《いまり》焼の皿をじっと眺めながら、

「あのままお師匠さんのもとにいたら、いまごろ人間国宝になっていたかもしれないのにね」とため息をついた。

思春期になるとだいたい世の中の仕組みがわかってくる。ひとにはそれぞれ事情があり、深く立ち入ってはならない世界がある。ひとは触れて欲しくないからこそごまかすのだ。

中学に入ってからは父親のことをいっさい尋ねないようになった。

いまではパスケースに入れている三人の写真だけがわたしと父親をつないでいる。かといってわたしとおかあさんが仲違《なかたが》いしているわけではない。友だちのような親子だとよく言われるし、自分でもそう思っている。

イケてないわたしと違っておかあさんはバリバリと仕事をこなすキャリアウーマン。化粧品の販売代理店を経営する女社長だ。駅にほど近い庭付きの低層マンションも即金で買ったと聞いている。そんなおかあさんのことを心底カッコイイと思っているし、あこがれてもいるからこそ、自分のことはなんでも相談できる。


「でね、結局、二年も三年も九割がた吹部へ戻ってくることになったんだ。メールがガンガン来たときはどうなることかと思ったけどね。部長だった長渕先輩も戻ってきてくれるし、まずはひと安心だわ」

おかあさんはけたたましく笑った。

「あなた本当に一段落だと思っているの。まだまだ幕は開いたばっかりなのよ。これからこれから。なんかきな臭い感じとかしない？」

そう言うと、また笑う。

「そっかなー。あっ、時間だわ。行ってくるね」

なんだか釈然としない気持ちで家をでた。

放課後になると出戻り三年生と幽霊部員を含む二年生が音楽準備室に集まった。

あいかわらずガムを噛《か》んでいる加藤蘭先輩は、ひときわ機嫌がわるそうだ。

弟、妹にまで手を伸ばしたということに激怒した蘭先輩は、

「二度と家に来んじゃねえぞ」と詰め寄ったという。それに対してミタセンは、

「部活に戻ってくれるんだったら、家には行かない。でも戻るまではお土産持ってお邪魔するからね。毎日行っちゃうんだから」と逆に恫喝《どうかつ》。蘭先輩はしぶしぶ部に復帰することを承諾したのだという。

「えーと、みんな集まったかな。吹部の緊急ミーティングをやりますよ」

野々っちが話しはじめた。その横にはあの男が立っている。

「知ってる人もいると思うけど、顧問の交代から報告しまーす。新しい指導者にはこちらの三田村昭典《あきのり》先生が就任されます。わたしは副顧問で残るからよろしくね」

顧問から引きずりおろされた形なのに、かえって肩の荷を下ろしてホッとした感じがにじみ出ていた。

「これでためこんでいる韓流《はんりゅう》ドラマの録画を堪能《たんのう》できる」とでも思っているのだろう。

ミタセンのあいさつは短かった。

「あしたから全員で新入生の勧誘をはじめます。すべてはそれが終わってから。放課後、校門の前に立って去年の文化祭でやった二曲のマーチを演奏するね。あとで一度合わせてみよう。演奏班のほか、三つの班をつくります。なるべくその場で入部届を書かせてしまうこと。編成はあとで決めましょう。ダメでも仮入部まではもっていくように。じゃあ次は部長からのあいさつ」

わたしが部活再開にほのかな希望を持っているのは、なんと言っても部長の長渕詩織先輩が戻ってきてくれたからである。冷静沈着でメガネの奥の細い目はおだやかさを絶やさない。

ミタセンの努力もあっただろうが、免許取得や就活、バイトなどさまざまな予定を抱えている三年生のほとんどが戻ってきたのは、彼女の人徳のなせるわざだろう。長渕先輩が本気をだせば吹部の立て直しだって夢ではない。さてどんな檄《げき》を飛ばすのやら。

ところがいつまで経っても登壇しようとしない。

不思議に思って先輩の方を見やると、うなずきながら優しげな視線を送ってくる。

そのときである。

「おーい、鏑木さん、はやくあいさつしてちょーだい」

いきなりミタセンがうながす。

「はい？　わたし？」

意味がわかんない。

「えー、長渕さんは『受験があるので部長職だけは遠慮したい』とご両親から申し出がありました。よって今回、『吹部を再生させ、全日本吹奏楽コンクールにどうしてもでたい』と何度もボクに詰め寄ってきた鏑木さんが部長に就任することとなりました。なにしてんの？　はやくはやく」

つーか、聞いてねえし。だいたい誰がいつ詰め寄った？

両手を大きく振ってムリだということを伝えると、ミタセンは近寄ってきて、耳もとでささやく。

「ゴメン、もう鏑木さんが部長になったって、学校側に書類だしちゃった」

そう言うと、わたしの手を取って無理矢理送り出す。

わたしは人前にでるのがものすごく苦手だ。小学校の宿泊校外学習で班長になっただけでも胃が痛かった。

気が動転したまま前にでて、

「か、か、鏑木です。よ、よ、よろしくお願いします」

ようやくそれだけ言うと、

「はい、拍手」とミタセンが大声で叫び、わたしの部長就任は既成事実として認められてしまった。

のちのち長渕詩織先輩から聞いた話によると、先輩のご両親が、

「部活に戻るのは承知しましたけれども、部長も引き続きやるんですか？」と問いかけた際、ミタセンは、

「いえいえ、部長は二年の鏑木さんにやらせますから。お嬢さんは部に戻ってもらうだけで結構です」と即答したという。

どうなってんだ、わたしの人権。

ようようあいさつをし終え、元いた場所に戻ると、パッツン前髪の清水真帆が、

「沙耶部長、よろしくね」と、にやつきながら小声でささやき、副島奏は、

「あんじょうやってや」と激励してくれる。

真っ赤になってうなずいていると、加藤蘭先輩がチョー冷たい視線を向けてきた。部長としてあの人を指導していくことなどできるのだろうか。答えはおのずと明らかである。

心が急速に冷凍していく。

翌日からの新入生勧誘は激しかった。

音楽的にということではない。

レパートリーが「マンボNo.5」と「コパカバーナ」しかないというかなしい現実を見すえ、演奏部隊はその二曲だけをぶっ壊れたプレーヤーのようにやり続けた。

むしろすごかったのは勧誘部隊。ビラ班の配るチラシに少しでも興味を示したものは拉致《らち》班に取り囲まれ、集中的に説得される。意志の弱いヤツはそのまま強制署名班へ。

「いつでもやめれるから」

「とりあえず形だけでも名前を書いといて」

とキャッチセールスや悪徳宗教ビジネスでもやらないようなきたない手口で、次々と純真無垢《むく》な新入生に年季証文《ねんきしようもん》を書かせていった。

ミタセンだってただ見ていたわけではない。

お巡りさんに扮《ふん》したミタセンは、ミニスカポリスに仮装させられたわたしとともに、これといった人物を発掘するや、

「吹部の候補生を逮捕する」と言って手錠をかけてしまう。

ところがその手錠たるや本物なのである。おいそれとは抜けられない。はずしてくれと新入生が訴えると、

「あれ、カギどこへ行ったのかな」などととぼけながら、強制署名班のところへ連れていき、

「予備のカギで開けるから、このカギ使用許可証にサインして」

というような意味不明なことを言い募り、入部届に名前を書かせる。

かくしてまたたく間に二十五人が集まった。


ある程度の人数はそろったものの、ミタセンが納得したわけではない。

「ボクたちは音楽をやるんだよ。できないヤツがいくらいたってしょうがない。質が問題なんだよね」

きのうまで頭数のことばかり言っていたのに、いまさらなんのつもりなんだよと反論したくなったが、胸のうちに押しとどめた。

「鏑木さん、二年の名簿にでてる八幡くんっていうのはうまいの？　トランペットの経験者は清水さんだけだから彼も戻したいんだけど」

八幡太一のことなどすっかり忘れていた。

ボウリング事件以降、話すらしていない。

「あいつはダメです。なまけもので、ワルになれないのにワルぶってる中途半端な男です。チャラ男《お》でへたれで女好きだけどモテなくて、足が短いのに腰パンしてて、ニキビ面で不潔だし……」

あきらめさせようと思い、必死に説得。しかし逆効果だった。

「そーなの。いいじゃん、八幡くん。音楽家は基本的になまけものでなきゃ。中途半端なんだって？　これまた素晴らしい。まだまだ伸びしろがあるっていうことだろ。いーねー、チャラ男でへたれ。ボクは自信満々なひとが好きじゃないの。じゃあ、その彼に会いに行こう」

「もう帰ったと思います」

「家にいるのかな？」

「さあ、国道沿いのゲームセンターにでもいるんじゃないかな」

適当に当てずっぽうで言うと、

「じゃあ、行こう」

「え、いまですか？」

「そう。車で行くから案内して」

すでに歩き出しているミタセンをあわてて追いかける。

ミタセンの車はピカピカのベンツだった。とても教師の安月給で買えるしろものではない。お金持ちなのだろうか。

だだっ広い駐車場に車をとめ、ゲーセンに入るとさっそく八幡が目に入った。ビンゴ。

あまりにも行動がわかりやすすぎて、張り合いがないくらい。

わたしたちの姿を認めると、

「ウゲッ」と声を上げ、裏口から逃げようとする。ミタセンはまたしても通せんぼをした。

「あなた吹部の部員らしいね。緊急事態が発生したからすぐに戻ってきて」

「やだよ。なんでおまえの言うことなんか聞かなきゃいけねえんだよ。オレは忙しいの」

「ゲームで忙しいの？」

「そーだよ、見ればわかるだろ。ここはオレの庭なんだから帰れよ」

こんなしょぼいゲーセンが庭だって。言ってて恥ずかしくないんだろうか。

「庭ってことは、どのゲームもお手の物ということ？」

「そう。なんか文句ある？」

「じゃあ、ボクと勝負をしよう。ボクが勝ったらとりあえず部に戻って。あなたが勝ったらあきらめるよ。ただし、どのゲームをやるのかはボクに決めさせてもらうからね」

周囲を取りかこんでいた八幡の仲間たちがいっせいに騒ぎ出した。

「おもしれえじゃん、やってみろよ」

「オッズは一対五。オレ八幡に千円。先生に張るヤツは二百円ね」

まわりに乗せられ、引くに引けなくなった八幡太一は、

「だっせえな。まあ、わかったよ。で、なにやるの、オッサン」とふてぶてしく笑う。

ミタセンは負けじと不敵な笑みを浮かべつつ、

「太鼓の達人」とおごそかに言い放った。ディスプレイの前面に和太鼓が設置され、画面上の指示にしたがってバチで太鼓を叩《たた》き、点数を競うゲームである。なるほど、吹部の顧問をやるだけあってリズム感には自信があるらしい。

ところがである。

「ねえよ、そんなもん」

このゲームセンターには機種自体がないという。

「なに？」

いきなりうろたえた。

「ちょ、ちょっと、ほかを探してみる」

さっそく目算が狂ったみたい。茫然自失《ぼうぜんじしつ》のままミタセンは広いゲームセンター内を練り歩く。そのうしろから野郎どもがぞろぞろとつき従う。

「先生、なんか当てがあるんですか？」と小声で聞いてみると、

「ない、まったくない。太鼓しかできないんだ。どーしよー」

さっそく泣き言を並べる。そのときだった。

「あ、これ、やったことある。これにしよう。決ーめた」

ミタセンが指さしたのは、隅に置かれた「ワニワニパニック」というゲーム機。最近のゲームセンターではあまり見かけない、場末感ただようアイテムだった。隠れている五匹のワニが頭を出してきた際、備えつけのハンマーで叩くとポイントが入る。

「はい、じゃあ、先攻後攻を決めるから」

ひとりの男の子が十円玉を投げ上げた。

コイントスにより八幡が先にトライすることに。

チャラ男はずり落ちた腰パンを引きずり上げると、右手にツバをつけてハンマーをしっかりにぎる。両ヒジを上げて中腰になると、

「レディー・ゴー」と言い放つ。

「左手禁止だからね」ミタセンは条件を再確認して百円玉を投入。

序盤のワニはスローペースで出てくる。三十秒までは一匹残らず殴打した。ワニのペースはだんだん速くなるが八幡は乱れない。「怒ったぞー」。ワニが叫ぶや五匹が連続攻撃を仕掛けてくるも、さすがムダに遊び慣れているだけあって、リズミカルにやっつけ続ける。

八幡がゲームを終えるころにはギャラリーも集まってきた。

ゲーム終了のファンファーレが鳴り、思わず全員の視線は得点欄に移る。

「なぐったワニ」八十四匹、「かまれた回数」一回、総得点八十三点。

「ウオー」、「スゲー」

どよめきがわき起こる。

みずからのできばえに満足した八幡は、勝ち誇ったような顔つきで、

「今度はオッサンの番」と言いながらハンマーを手渡す。

ミタセンは、ハンマーを自分のほっぺに当てて感触を確かめると、

「いいよ、コイン入れて」とつぶやいた。

八幡の場合、ゲーム開始時にはサーブを受けるテニス選手のように、両足を大きく拡げて踏ん張っていた。ところがミタセンは、展覧会の絵を鑑賞しているかのごとく突っ立ってるだけである。闘争心がかけらも感じられない。

その立ち居ふるまいを見ているだけで、おのずから勝負は明らかだった。

それでも前半部のワニはそつなくこなした。中盤から徐々にペースが速くなってくるのだが、身のこなしが柔らかく、洩《も》れなく打ち倒している。

その動きは酔拳《すいけん》のようにムダな力が入っておらず、インパクトの瞬間のみ手首を利《き》かせていた。口元では「タンタタタタタン、タタンタタン」とリズムを取っている。

頭のなかでなにか音楽が流れているようで、ハンマーはまさしく指揮棒と化していた。

三田村侮《あなど》りがたし。ギャラリーの誰もが感じはじめていた。

「怒ったぞー」

ゲーム終盤にさしかかりワニの大襲来がはじまった。

そのときである。

ミタセンの腕が消えた。いや、あまりにも回転が速くて見えなくなったのだ。人間の視覚の限界を超えた動きに、ミタセンは阿修羅《あしゅら》となった。

ゲーム終了の合図で一瞬の沈黙があった。

そして大きなどよめき。

ワニに一度もかまれることなく総得点百五点。ミタセンの圧勝だった。


音楽準備室に連行された八幡太一はあいかわらずふてくされていた。素直に負けを認めずウジウジしているところがいかにも八幡らしい。

「なんでもいいから吹いてみて」とミタセンからうながされるも、

「なんとなく今日は気分が乗らねえ」などとほざいていたときのこと。

「失礼しまーす」

女子生徒が入ってきた。

「あのちょっといいですか。先生、この譜面台、何回ネジを締めても必ずストンって落ちちゃうんです。新しいのをお借りしたいんですけれども」

「お、ちょっと待って、探してみようか。こっちへ来てみ」

二人が音楽準備室脇の倉庫に姿を消すと、八幡はヒジでわたしを突っつきながら、

「おい、誰だ、あれ」と聞いてくる。

「一年の恵那凛《えなりん》さん。クラリネット担当よ。『吹部に美少女が入った』ってほかの部

活のヤツとかも見にくるんだから」

誰しもが認める美人ながら、その明るい性格から上級生にもウケがよく、女子からは「エナリン」と前の方にアクセントを置いて呼ばれるようになっていた。

ただ入部の理由はなんと野球部の応援をしたいからというもの。同じ中学の先輩にあたる二年生エース松原《まつばら》くんに片思いしていて、彼のためにスタンドで「コンバットマーチ」を演奏するのが夢だという。

そのことは、あえて八幡には伝えないようにしておいた。

ミタセンと恵那凛が新しい譜面台を持ってこちらの方に戻ってくると、八幡はトランペットを持っていきなり立ち上がる。そして、

「パッパラパッパ、パッパラパッパ、パーラパラパパパ……」

正露丸《せいろがん》のCMでおなじみの信号ラッパをぶっ放した。

「うわー、すごーい」

ビックリしたらしい恵那凛はうれしそうに拍手した。ミタセンもそれに続く。

「ボクは二年の八幡太一。大変だとは思うけど、楽しい部活だからわからないことがあったらなんでもボクに聞いてきなさい。教えてあげるから」

むさ苦しい髪の毛をかき上げながら言ってのける。

楽しい部活って、ほとんど来てねーじゃねーかと突っ込みたくなった。

「はい、ありがとうございます。新入生の恵那です。よろしくお願いします」

満面の笑みを浮かべ、ペコリと頭を下げた。

女子のわたしから見ても吸い込まれそうな笑顔。

もちろん八幡の心などとっくの昔に射ぬかれていた。

回数は減ったものの、「三田村です」メールが来なくなったわけではない。

新たなる指令は二年で楽器の経験者をスカウトしろというもの。

多数の一年生が入部してくれたものの、未経験者も多いため、教える人手が足りないと言い出したのである。

思わず頭のなかに「ミッション・インポッシブル」のテーマが流れてきた。いままで吹部に入っていなくて、ひとさまに指導できるレベルの演奏力を持つ生徒など、どこにいるというのだろう。

ホント、わがままなんだから、あの男は。

ミタセンに対する怨《うら》みつらみを念じつつ、音楽準備室へと歩いていると、軽音楽部の部室からドラミングの音が洩《も》れてきた。

いわゆるロックのドラムソロなんだろうけど、とてつもない迫力だ。

誰が叩《たた》いてるんだろう？

見てみたかったけど、なにぶん引っ込み思案なだけにいったんはとおり過ぎた。

でも圧倒的なリズム感にふと立ち止まり、そして耳を澄ませてみる。

何度か行き来したあと、吸い込まれるようにのぞいてしまった。

汗をほとばしらせながら取りつかれたかのようにスティックを打ち続けていたのは榊甚太郎《さかきじんたろう》くんだ。一年生のときおんなじクラスだったけど、しゃべったことは一度もない。

というか、クラスにいたほとんどの生徒は榊くんと話をしたことがないだろう。

とにかくしゃべらない。

一分以上会話を続けたひとはひとりもいないと聞いている。基本的な会話力すら持ち合わせていない男子なのだ。

それでもドラムの表現力はすさまじい。しばらく耳を傾ける。

激しく動いていた榊くんがピタリととまり、静寂が広がった。

思わず拍手してしまう。

めずらしいことに肩で息をしながらも、

「ジョン・ボーナム知ってる?」と声をかけてきた。

「ううん、知らない」

「レッド・ツェッペリンのドラマー。酒を飲みすぎて、ゲロをノドに詰まらせて死んだんだ」

「……」

やっぱりこのひとと会話を続けるのはむずかしい。いきなり突っ込みようのないネタ振りをしてくる。

音楽準備室に戻ろうとして気がついた。去年の文化祭では軽音楽部の演奏をほとんど見たはずだけど、榊くんは一度も舞台に立ってないんじゃなかったっけ。

失礼を承知で聞いてみた。

「榊くん、バンド組んでるの?」

無表情のまま大きく首を振った。

「ひとりなんだ」

今度はうなずく。

やっぱり。

このひとはコミュニケーション力の乏しさゆえ、いっしょにやってくれる仲間がいないのだ。

毎日がひとり軽音楽部。

ひとり焼肉やひとり寄せ鍋《なべ》どころの騒ぎではない。孤独に練習するだけで、聴いてくれるひとすらいないのだ。舞台に上がることもない。はたして楽しいのだろうか。心の闇がディープすぎて怖い。

「聴かせてくれて、ありがとね」

いったんは部室をあとにしようとしたとき、天啓にうたれた。

「榊くん、もしよかったら吹部でパーカッションやってみない？」

言った瞬間、後悔しはじめた。なんて失礼な提案をしてしまったのだろう。だいたいロックのドラムと吹奏楽のパーカッションは似て非なるしろものだ。バスドラやスネア、それにシンバルはあるものの、配置は違うし、ハイハットやトムなどオーソドックスな曲ではつかわない。

まったく表情を変えなかった榊くんは、上を向いたまましばらく考え込んでいる。丸い顔に鎮座する黒縁メガネの奥にひそむ表情はうかがいしれないものの、脈がないわけでもないようだ。

「と、とりあえず、見学においでよ。行こう」

ふだんのわたしなら親しくないひとを引っ張っていくことなど思いもよらぬ行動だ。ただただ「三田村です」メールをとめたい一心だった。

音楽準備室にヤツはいた。

「二年の榊甚太郎くんです。見学に来てもらいました。軽音楽部でドラムをやっています」

ミタセンはひとことも発することなくスネアで簡単なリズムを叩いてみせ、スティックを手渡す。榊くんの方もまた無言のまま、同じリズムを刻む。

今度は少し複雑なリズム。榊くんはこともなげに反復する。バスドラに移るとやはりお互い口を閉ざしたままの叩き合い。静かな火花すら散っている。

細いマレットに持ち替えるとティンパニーへ。榊くんにとってこの楽器は初めてだったらしく、ペダルを踏んでは音をだすという動きを繰り返す。そのあと、ミタセンが実演し、榊くんもやってみるという動作が延々続くのだが、恐ろしいことに、それらがすべて言葉を交わすことなく行われているのだ。

自分の練習があるので、いつまでもヘンタイたちに付き合ってはいられない。

空いた教室でひとしきりフルートを吹いてから、二時間後に音楽準備室へ戻ると、ちょうど榊くんが帰ろうとするところだった。

「どうだった？　吹部にも少しは興味を持ってくれたかな」

榊くんはなんの反応も示さぬまま、まるでわたしの声など聞こえなかったかのようにとおり過ぎていった。あいかわらず不気味な男である。

ただ、その表情はほんの少しだけ柔らかくなっているような気がした。


新学期がはじまってから一週間も経っていないのに、音楽準備室に足を運ぶたび、部屋の様子が変わっている。

まず巨大な机が導入され、合奏指導のための機器であるハーモニーディレクターやスコアなどが、日に日に積み上げられていく。

ホワイトボードも大きなものに一新された。一週間の練習の流れが一目で見わたせるようになっている。今のところロングトーンやスケールといった基礎練習の内容ばかり細かく記載されていた。

その横のボードには特注で作ってもらった全部員の名札がぶら下がっている。部に出てきたら札を裏返すことによって出欠がわかるようになっているのだ。

壁際の棚にコーヒーメーカーや電気ポットが備えつけられたのは、わたしたちにとってもうれしい限り。ただ、その横には炊飯器も置かれている。

誰かここに住むつもりなのだろうか?

第二音楽室の方には指揮者用の譜面台と椅子、そしてみんなより一段高くなるための指揮台も持ち込まれた。

コンクールの曲を選ぶため、ここ数日、スコアと首っ引きでCDを聞いているミタセンは、わたしの姿を見かけると、満面の笑みを浮かべて話しかけてきた。

「鏑木さん、ちょっとこっちへ」

二人して倉庫に入ってビックリ。すべての楽器のケースが開けられて床に並べてあるのだが、その数が倍増している。

「どうしたんですか、これ?」

「今年度の部活予算は決まっていて増やせそうにないから、統廃合になった高校からもらってきたんだ。足りない分はボクが買うから大丈夫」

ソプラノサックスやエスクラリネットといった初めて触ってみる楽器もあり、なんだかワクワクしてきた。よく見ると、いままで学校にあった備品もピカピカになっている。思わず手に取ってみたが別の楽器のようだ。ここまで手入れしてあると、よもやボウリングのピンにしようなどという気は起きないだろう。

「気づいてくれた？　苦労したんだよ、磨くの」

「先生がやったんですか？」

「もちろん。きたないと触る気にもなんないだろ。一年生はいまのところ興味を持った楽器を好きなだけいじってもらうことにするつもり。楽器はさびしがり屋なんだ。放っておかれると孤独死しちゃうからね」

ミタセンのことを少しだけ見直した。

「相談なんだけど、あとひとりくらい経験者が見つからないかな。さすがにムリかなぁ。欲を言うと、オーボエあたりのできそうな人材が欲しいんだよね」

「なかなかむずかしいんじゃないですか」

実のところ、はじめから声をかけようかどうしようかと迷っているヤツが、ひとりだけいることはいる。

ミタセンに教えたら、すぐさま連れてこいと命令されることだろう。

でもよく考えたら絶対ムリだわ。あいつだけは。

西大寺《さいだいじ》宏敦《ひろあつ》が野球部をやめたと耳にした。

家は近所で幼なじみ。小学校から高校までずっといっしょだ。

ただしこの四年ほどは、口すら利《き》いていない。

仲良しだった。幼稚園のとき、通りをはさんだ一軒家に越してきたときからの付き合い。日曜日になると、よく遊びに行ったものだ。

花壇はしっかりと手入れしてあって、季節ごとにいろんな花が咲き乱れてたな。

「うちは宏敦と武浩《たけひろ》の男ふたりだから、女の子が来てくれると華やかになるわ。いつでも遊びにきてね」と言ってくれたおかあさんの作ったロールキャベツはおいしかった。

おとうさんは関東フィルハーモニー管弦楽団のオーボエ奏者で、おかあさんも音大のピアノ科出身という音楽一家だけに、家を訪ねると即興でいろんな曲を演奏してくれた。自分の家庭に不満があったわけじゃないけど、うらやましいと思ったことはある。とにかく明るくて優雅な雰囲気だったから。

クラシック界の神童と呼ばれた西大寺宏敦は、小さいころからさまざまなコンクールで極めて優秀な成績を収めていた。

ピアノとバイオリンを習っていたが、家にはいろんな楽器が転がっていて、木管、金管ともに吹いているのを見たことがある。

その一方、運動神経もずば抜けていたので、中学に入ると親に隠れて野球部の助《すけ》っ人《と》としても活躍するようになった。

中学校の半ばくらいから、少し神経質な様子になってくる。小さいころは快活だったのに、いつもふてくされた感じを醸《かも》し出していた。でも反抗期なんだろうと思っていたし、音大附属の高校に進学するものと疑ってもいなかったんだけど……。

まさか浅川高校でいっしょになるとは想像だにしなかった。いまでは廊下ですれ違ってもお互い気づかない振りをするような間柄になってしまっている。

一度、吹部のことを話してみようかな。


翌日の放課後、西大寺の教室の前まで行ってみた。

でもやっぱりムリ。

いまさら会話をするキッカケが見つからない。

音楽準備室に戻ろうと思い直し、Uターンしたところ、背の高い男子に思いっきりぶつかってしまった。

「あっ、ごめんなさい」

反射的に頭を下げてから相手を確認すると西大寺だった。

「ああ、おまえか」

四年振りくらいの会話とは思えないほど低いテンションの不機嫌な声に、いやがうえにも動揺が増し、

「あ、西大寺、あの、あのね」

思わず声がうわずってしまう。

「いや、あの、西大寺が野球部やめたって聞いたから……」と口走ったところ、より一層みけんにシワを寄せ、

「おめえに関係ねーだろ」

とりつく島もない。

「そーだよね。あの、ごめんね。あの、いま吹部が楽器できる人探してて、顧問の先生がホントうるさくて、それでとりあえず西大寺にも声だけかけとこうかと、いや、ムリだっつーのは最初っからわかってて」

自分でもなにを言っているのかわからない。

そのときのこと。背後から大きな声で呼ばれたのでなおさらビックリしてしまった。

「鏑木さーん、その人も経験者なの？」

振り返るといつの間にやらミタセンが満面の笑みを浮かべて立っている。

「いや、あの、経験者といえば、楽器はできると思うんですけど。野球部やめたばっ

かで、えーと、やっぱりムリみたいなんで……」

　むろんわたしの言葉などてんで聞いてはおらず、親しげに西大寺の肩へ手をまわすと、

「楽器はなにやってた？」

「……ピアノとバイオリンですけど」

「え、どれくらいやってたの？」

「物心ついてから去年くらいまでですかね」

「すげー、音楽エリートじゃん。いーね、いーね」

「つーか、この人、誰？」

「ウチの顧問の三田村先生」

「ねえねえ、金管とか木管とかはやったことある」

「一応、フルート以外、音はでます。トランペットが一番得意かな」

「オーボエは？」

「音色は好きですけど」

　そう聞くやいなや、肩にまわしていた腕は、ヘッドロックに変わった。

「やめろよ、なにすんだよ。離せよ、きもちわりーな」

「いや、絶対に離さない。もうあんたとは絶対に別れないんだから。もう絶対に別れてなんかやんない。逃げられると思って？　離さないわよ」

ミタセンは、急に別れを切り出された愛人がダダをこねるような口調で叫びながら、西大寺を音楽準備室の方へと引きずっていった。

さしものミタセンでも西大寺だけは落とせないと思うんだけど。

三

「ざけんじゃねーよ。離せよ、このヤロー」

からみつく腕を振りほどこうとしたものの、小柄なオッサンは意外に力が強かった。相手が教師なので手荒なまねをするわけにもいかない。しかたなくヤツの言うままついていくことにする。

音楽準備室に入るや開口一番こう言った。

「ねえ、いっしょに音楽やろうよ」

「冗談じゃねえ。やるわけねーじゃねーか。もうやめたんだよ」

野球に嫌われたからやっぱり音楽に戻るなんて、オレのなかではありえねえ。

オッサンはあいかわらず笑みをたたえたまましばらく押し黙ったあと、

「なんか、すごくイラついてない？」

「あんたには関係ないから」

「そんなに感情をむき出しにするってことは、やっぱり音楽が気になってるってことだよ。未練あるんじゃないの？」

頭に血が上って言葉がでてこない。

「あっ、わかった。ヘタすぎて恥ずかしいんだ」

「そんなんじゃねえよ」

思わずヤツの首を絞めたくなる。

「じゃ、一回やってみてよ。はい」

いきなりトランペットを差し出してきた。

受け取らずにいると、

「できないの？　できないんだ。やっぱヘタなんだ。ふーん、楽器やってたなんて口だけだったんだね」

と言いながらトランペットを押しつけてくるもんだから、つい手に取ってしまう。

「なんでもいいよ。吹いてみて」

しばらくためらったものの、一度吹けば解放されるのだと思い直し、ひととおりクラシックやジャズのソロを吹いてみる。ひさしぶりだったけど、そんなにわるい音ではない。

するとあの教師はこんなことを言いやがった。

「うまいんだけどね。ちょっとなにかが足りないかも」

こんなところに来てまで、この言葉を投げかけられるなんて。

ショックで固まってしまった。

ある意味、オレの人生をねじ曲げた魔法のフレーズだったから。


中学に入ってから、急にバイオリンのコンクールで勝てなくなってきた。もちろん入賞はしていたけど、トップの座からはすべり落ちた。評価の際、必ず盛り込まれていたのが「あと少し」という表現だ。

オヤジとのつきっきりのトレーニングは以前にも増して厳しいものになってきた。小さいころは何時間練習しても苦痛じゃなかったのに、このころからイヤでイヤでしかたなくなってきて……。

レッスンにも身が入らず、休みがちになっていた。

高い月謝を払っていながらサボり続けるオレにオヤジはキレた。

「いったいなにをやっているんだ。一日楽器から離れると、取り戻すのに何日かかるのか知ってるだろう。音楽の道はそんなに生やさしいもんじゃないぞ。心を入れ替えろ」

オヤジに刃向かったのは生まれて初めてだった。

「いつまでも上から命令すんじゃねえよ。イヤになったんだよ、音楽が。ほっといてくれ」

なにかが足りないと言われても、その「なにか」が「なに」なのかわからない。「なにか」をどうやったら得られるのか誰も教えてくれない。

推薦で音大附属へ進むことは決まってたんだけど、中三の秋になって気が変わった。そのときもオヤジとはすさまじい言い合いになったよ。

「とにかく音楽の道に進むのはイヤだから」

「おまえ、もう十一月だぞ。いまさら公立の普通科へ行くっていっても、名門校は受けられない」

「いいじゃん、地元に行けば。交通費もかかんないし」

もっとも音大附属に行かなかったのは、音楽に限界を感じたからだけじゃないけれど……。

トランペットを片手にオレが呆然《ぼうぜん》としていると、あいかわらず笑みを絶やさないあの教師はこう言った。

「音楽に対して挫折感《ざせつ》があるんでしょ？」

図星だった。

音楽だけじゃない。やっと自分の居場所を見つけたと思っていた野球に対しても、複雑な気持ちは消えていない。

「高校生の吹奏楽は面白いよ。キミも知ってのとおり、フルオーケストラをちゃんとやろうと思ったら一年や二年では絶対ムリだ。弦楽器はまともな音がでるまでにかなりの時間がかかるからさ。でもね、思春期の生徒に金管や木管をやらせると、奇蹟《きせき》の起きるときがあるんだ。ある程度の才能があって、死ぬほど努力すると、信じられないことが起こる。突然、音が変わるんだ。きのうまで石ころだったものが、気づいてみると宝石になっている。いろんな生徒が自分の音を発見していく瞬間に立ち会うことは、キミにとってもそんなにわるいことではないと思うよ」

黙って聞いていると、さらにつけ足した。

「キミはレベルの高いところをめざしていたんでしょ。とりあえず、いまやることがないんだったら、なにかに気づくまでここにいれば？　糸口が見つかったときは吹部をやめたらいい。そのときは絶対に引き留めないよ。もしキミがもっと上の段階に飛躍しようとしたときは、祝福して送り出すからさ。少し考えて返事ちょうだい」

あのセンコーのことを評価しているわけではない。短気で無神経なうえ、わがまま。他人の気持ちなどまったくおもんぱかることのできない「おこちゃま大人」であることは百も承知だ。

でも……。悔しいけど少しだけ気になる。

翌日の放課後、みんなからミタセンと呼ばれているらしい教師のもとを訪ね、

「きのうの話なんだけど、しばらくの間、合奏だけ参加してみるっていう条件でどうかな。練習はひとりでやっとくからさ」と聞いてみた。

もちろんほんのヒマつぶし以上の意味はない。

「いいよ、いいよ。楽譜渡すから自分でやっといて」

あっさり決まってしまった。

「で、楽器のことなんだけど……」

言いかけると、

「失礼しまーす」と言って鏑木沙耶が入ってきた。

ヤツはオレの顔を見て、いきなりギョッとした。あいつから誘ってきたものの、ま

さか吹部に加わるとは思ってもいなかったみたいだ。

「お、鏑木さん、いいところへ来た。ちょとここに座って。西大寺くんはあとで話があるから待っててね。鏑木さん、さっそくなんだけど、チューバパートが足りないんだ。三年でチューバやってた、えーと誰だっけ？」

「聞きましたよ。柳本《やなぎもと》先輩は夏休みに短期留学でオーストラリアへ行くから吹部には戻れないそうですね」

「そうなんだ。一年には希望者がいるんだけど、二人とも金管やるのは初めてだって言うんだよ。で、相談なんだけど、鏑木さんチューバやってみない？」

「えっ」

二人の会話は丸聞こえ。春の吹部恒例の「顧問による強制コンバート」がいま、まさに行われようとしているらしい。

生徒の希望するがままに楽器を選ばせると、どうしてもフルートやトランペットといった華のある楽器に人気が集中してしまう。そんなとき、顧問は頭数の足りないパートに余っている楽器から生徒を一本釣りして押し込める。気の弱そうなヤツが狙われるのは言うまでもない。入部したばかりのオレでさえ知っている、全国の吹部でごく当たり前に行われている風習だ。

「でもわたし、自分のフルートを買おうと思ってお金貯めてたんですけど……」

「えっ、もしかして買っちゃったの？」

「いえ、あしたにでも」

「よかった、セーフセーフ」

「でも」

なんとか断ろうとする鏑木沙耶をミタセンが一気に追い込む。

「あなただったらできる。吹部ピカイチのセンスの持ち主だから、簡単にできるようになるって」

なんの義理もないオレだったが、ほんの少し鏑木沙耶がかわいそうになってきた。なんと言っても見知らぬ仲ではない。窓の外をながめ、まったく聞いちゃいない振りをしつつ、心のなかでメッセージを送り続けた。

「おまえは中学の三年間と合わせ、四年にわたってフルートを吹いてきたのだろう。はっきりと断るんだ。いけにえはほかにもいっぱいいる」

しかしミタセンの怒濤《どとう》の攻めはとまらない。

立ち上がると外国語で書かれた一冊の本を取り出して、真ん中くらいのページを開く。

「鏑木さん、血液型は何型なの？」

「O型ですけど」

「やっぱり」

「星座は？」

「牡牛《おうし》座です」

「そうだと思った」

「どうしてですか？」

「これはテイヤール・ド・シェルマン教授というとても有名なフランスのチューバ奏者の書いた本なんだけど、理想のチューバ吹きの条件っていうのがここに書いてあって、すべてあなたに当てはまっているんだ。ほら、ここを見てごらん」

　ミタセンは一瞬だけ本のなかを見せた。もとよりフランス語で書かれたものの内容など鏑木沙耶にわかるわけがない。

「O型で牡牛座。ほかにも闘争を好まないおだやかな性格、なんと言っても和をもって尊しとなすような精神のあり方、もうあなたしかいない。チューバを吹くためだけに生まれてきたようなひとだ。ウチのチューバ部門を支えてくれ。頼む、頼む」

「はあ」

オレの思いもむなしく、鏑木沙耶はあっさりと転んでしまった。

部長を押しつけられただけでなく、強制コンバートの標的にまでなっている。どこまでお人好《ひとよ》しなんだ。こんな意志薄弱な女が部をたばねているということだけでも先行きは暗い。

「あしたは放課後になったらすぐここへ来てちょーだいね」

真っ青になった鏑木沙耶は呆然《ぼうぜん》としながら音楽準備室を出ていった。

こちらに向き直ったミタセンは、心からしめしめという顔つきをしている。なんてわかりやすい男なんだろう。

「西大寺くんにはオーボエをやって欲しい。楽器はボクのをつかうかい？」

家にもオーボエはあるのだが、ふたたび音楽をやりはじめたとオヤジには知られたくない。

「じゃあ借りよっかな」

ミタセンが足もとにあったケースを手渡してきたので、思わず右手で受け取ってしまった。

「イテッ」

すぐ左手に持ち替えて、床におろす。右腕はまだジンジンしびれている。袖《そで》をめくってみたけど、外側から見るかぎり大丈夫なようだ。

「どうしたの？　あっ、右ヒジすごい傷だね。手術したの？」

「今年のはじめに剥離《はくり》した軟骨を除去したんだよ」

「えー、どうしてどうして？」

興味津々といった様子で聞いてくるのに多少腹が立ち、

「楽器の演奏には支障ないから」と会話を切る。ミタセンは人のヒジをジロジロ見つめながら、

「だいたい編成が固まってきたから、あした一度合わせてみようと思ってるんだ。これ楽譜。集合は五時だからよろしくね」と伝えてきた。

少しはやめに第二音楽室の方へ足を向けると、周囲の教室ではそれぞれのパートが個別に練習していた。どの楽器を聞いてもピッチはバラバラで、リズムもいい加減。ひどいという言葉しか浮かばない。

ミタセンが言うように、ここにいる連中が「信じられないこと」を起こす可能性など絶対にないだろう。

ただ、パーカッションだけは正直にすごいと思った。

華奢《きゃしゃ》で背が低く、黒縁メガネをかけた男のスネアドラムの音は絶品だった。

そいつのことが気になってそれとなく観察していると、練習の合間にずっと楽器へ向かってなにやら話しかけている。変わったヤツだなと思い、

「なんでスネアにしゃべりかけてんの？」と尋ねてみると、

「こいつは『健太《けんた》』って言うんだ。高倉健《たかくらけん》の健に菅原文太《すがわらぶんた》の太」とだけ言うと、またうつむいて練習をはじめる。

言葉のキャッチボールになっていない。

やっぱり吹部には頭のおかしなヤツしかいないようだ。

シロフォンやグロッケンシュピールといった鍵盤《けんばん》打楽器をやっているセミロングの女の子もうまい。話しかけてみると、北川真紀《きたがわまき》という名の新入生だという。オレの方があとから入部したのに、先輩だと思っているらしく、幼少期からマリンバを習っていて、音大進学を考えていると照れながら話してくれた。

合奏を前にミタセンが指示をだす。

「一年で未経験者は音をださずに吹きマネだけしてればいい。できないのはわかってる。はずしてもいいからとりあえず最後までついてきて」

先ほど渡された楽譜は吹奏楽の定番だった。

そんなに簡単な曲ではない。

ミタセンが指揮棒を振りおろす。

初《しょ》っ端《ぱな》からつまずいた。まったく縦がそろっていない。

音の長さやでるポイントがどいつもこいつもバラバラだ。

そんななか、チューバだけがしっかりと底を支えている。

不思議に思い、自分の演奏がないときにうしろを振り返ると、鏑木沙耶の隣で見知らぬおじさんがチューバを吹いている。この人は誰なんだろう？　まちがいなくプロの音である。

最初に「落ちた」のはホルンの茶髪女。ちなみに「落ちる」っていうのは楽譜のどこを吹いているのかわからなくなって、曲についていけなくなることだ。

茶髪というより彼女の持つホルンそのものの色である髪の毛はいいとしても、あれほど短いスカートを穿《は》くのはやめて欲しい。あんなヤンキー女のパンツなど見たくもない。

トランペットのファーストをやっている八幡太一は、去年隣のクラスにいて体育がいっしょだったので、顔と名前は一致する。運動神経がわるく、跳び箱も鉄棒もできないヤツだった。そのくせ変につっぱった振りをしているサル面《づら》の男。とにかく友だちにはならないでおこうと思っている。八幡の演奏はとにかくピッチが一定でない。セカンドをやっている、小柄でおかっぱ頭の女子生徒の方が、音量は足りないものの安定しているんじゃないかな。

先ほど話をした鍵盤打楽器の北川真紀は、演奏する段になると髪の毛をポニーテールにくくり、鬼のような形相でマレットを打ちつけていた。おとなしい娘《こ》だと思っていたのだが、別人のようになっている。

それにしてもアルトサックスをやっている女の子はよく揺れるな。頭を振るので横の子の顔面にツインテールがバシバシ当たっているのにまったく気づいていない。そのうち左横の一年生の鼻に毛先が入ったらしく、そいつはいきなり大きなくしゃみを連発した。アホとしか言いようがない。

中盤にさしかかると混乱に拍車がかかる。

吹きマネしているトロンボーンの一年が、スライドを伸ばしすぎて、前方のユーフォニアムの頭を直撃。ユーフォ女子は前方へと吹っ飛んだ。

大音響に動揺したのかひとり、さらにひとりと落ちていく。

ミタセンはどこでどうつまずいても、すべて計算のうちといった感じでまったく動ずることなく振り終えた。

オレの採点したところで合格点を与えられるのはパーカッションの二人だけ。及第点は前部長だというトロンボーンをやっているメガネ女子のみ。あとは全員落第といったところか。

演奏を終えた瞬間に気がついた。

どうしてこんなアホで低レベルな集団といっしょに音楽をやらなくてはならないのかと。

ほんの十分足らずの演奏だけで、オレがいままで作り上げてきた音に対する繊細な感覚は狂ってしまったことだろう。このままずっとここにいたら耳が腐るに違いない。来てしまったことを激しく後悔した。

ところがミタセンはまったく怒ることなく、次から次へと指示をだしていく。

「二十三小節目のユーフォニアムはもう少し重たくね。八十三からのフルート、ピアニッシモが聴こえない。どういうピアニッシモなのか考えて。ホルンは百三十六のとこフェルマータ忘れてるよ。百五十六は全体的に入るとこ弱めに」

楽譜をいっさい見ることはない。すべて頭に入っているようだ。さらに、

「まずトランペット。百六十七の最初の三連符が甘い。八幡くん、『トマト、トマト』と言ってみて。そう、三連符はタンタンタン、わからなくなったらトマトと念じなが

ら演奏すればいい。じゃあ、その前からやってみよう。はい、ワン、ツー、さん、しぃ」

「フルートとクラ。二百三十四の装飾音符、もう少しきっちり前にだそう。まずボクが歌詞をつけるから歌ってごらん、いくよ『ここは八王子、八王子、東京だけどいなかー、東京だけどいなかー。でるでるキツネ、でるでるキツネ、パルテノン多摩《たま》、高幡《はたふ》不動《どう》は御利益《ごりやく》あり』。はい、やって。そう。あしたからのパート練習ではそこ最後まで適当に歌詞つけて歌ってみて。あさってには聴きに行くから。えと次は」

バラバラで手の付けられないような演奏はこんがらがった糸である。それを順番に解きほぐしていく手並みは鮮やかだ。

自分の声で歌わせるのは耳を育て、音程の感覚を養うためだろう。そのほかの指摘では、オレ自身が違和感を覚えていながら具体的に把握できていない音のズレまで正確に聞き分けている。

しかも音楽用語の理解に乏しいクズどもにもわかるような平易な言葉で説明するから、いかにアホなヤツでもスッと理解できている。

ミタセン恐るべし。

音に対する感覚はずば抜けているし、楽曲への理解も深い。まあ生徒どもは言っていることの十分の一も理解できていないみたいだけど。

翌日以降も、熱い指導は続いた。すると、いつもの音楽が流れてくる。

ミタセンは、それでも合奏指導をやめようとしないので、前部長の女が手を挙げた。

「先生、完下です」

「なんだ、それ？」

「完全下校です」

「だってまだ六時半じゃん」

「でも決まりですから。冬はもっとはやいんですよ」

「えー、そんなの、ヤダ。今日言っとかなきゃいけないこと、まだまだいっぱいあるのに。ダメダメ、そんなんじゃ絶対に全日本なんか行けないってば」

「もうすぐ警備員が見回りに来ますよ」

「しょうがないな。じゃあ、いったん倉庫に隠れよう」

「えー？」

このオッサンはなにを言っているんだろう。オレだけじゃなく、みんなそう思ったに違いない。しかしミタセンは本気だった。

「おーい、八幡くん、二階の階段で見張ってて。そして上がってくる気配があったら走ってくるんだ」

「へい」

誰よりもパシリがお似合いな八幡は意気揚々《いきようよう》と駆け出した。

そして五分もしないうちに戻ってくる。

「来ました」

「よし、全員、倉庫に入って」

ミタセンは理不尽にも四十人を上回る部員をかび臭い倉庫に押し込むと、すべての電灯を消してしまった。

ツカツカツカと足音が聞こえてくる。真っ暗ななかでかくれんぼをしていると、オレまでもドキドキしてきた。

「なんか笑けてきたなあ」

いつも関西弁をしゃべっているフルートの女が吹き出すと、

「ダメ、絶対にダメ。シー、シー」と小声でミタセンがわめき出し、その声がおかしくて、暗闇のあちこちでクスクス笑いが起きる。はっきりとは見えないが、ほぼ全員の肩が震えているようだ。

それでも警備員は気づかなかったのか、足音は去っていく。

「全日本常連校、中之島《なかのしま》工業高校の生徒なんか、始発で来て終電で帰るんだよ。オレ見学に行ったんだから、ホントなんだってば」とミタセンはささやく。

「でも、ウチの高校は公立だろ。そんなことできっこねえよ」

茶髪女らしきヤツがつぶやくと、

「中之島工業だって公立だよ。やろうと思う気持ちが大切なんだ」ミタセンはキッパリ言い切った。

警備員の足音が消えると、

「八幡くん、尾行」

「あいあいさ」

忍者のように足音を消した八幡は、廊下へと走り去っていく。

とりあえず倉庫から少し広い音楽準備室に移ったものの、まだ電灯はつけられない。ミタセンは窓からじっと正門を監視し続け、警備員がバイクで立ち去るのを確認。八幡の、

「帰りました」という報告を受け、

「やった」とひとりでガッツポーズをしている。

この日の練習は九時までだった。

翌日もまた同じように生徒を倉庫に押し込んだ。警備員が帰ると、ミタセンが、あらかじめ買い込んでいたコンビニのおにぎりやサンドイッチ、缶ジュースをふるまってくれる。ちょっとした遠足気分になり、みんなは盛り上がって合奏を続けた。

三日間同じことを繰り返したあと、やっぱり学校にバレた。

毎日、帰宅の遅くなった吹部一年の親が担任に問い合わせたのだという。

オレが部に参加してから四日目にあたる日に、ミタセンはあらわれなかった。

合奏にだけでればいいと言われていたのでやることがない。

もちろん話し相手などいないし、もとよりこんなところで友だちなど作る気もない。

あと十分してミタセンが来なかったら帰ることにしよう。

しばらく手持ちぶさたにしていると、クラリネットの女が話しかけてきた。

「西大寺先輩ですよね。一年の恵那凛です。先輩は去年まで野球部にいらしたと聞きました。二年生エースの松原先輩、ご存じですよね？」

とても明るく快活な声だったのだが、いきなり聞きたくもない名前を耳にしたもんだから、

「野球部とはもう付き合いないから」と冷たく言い放ったところ、その女はみるみる涙顔になって去っていった。

思わずこう言ってやりたくなった。

本当のエースはオレだったんだよ、と。

そんな思いが頭をよぎった瞬間、今度は自己嫌悪に襲われた。エースだったとしてもそれは過去のこと。終わったことだ。いまのオレは音楽にも見放され、野球からも捨てられたぶざまな敗残兵《はいざん》だ。まっすぐ伸ばすことのできない右ヒジを思わず見つめる。

もう考えるのはやめよう。野球部という言葉を聞くだけで卑屈になってしまう自分がいる。

どちらにしても、さっきの女、松原の名前をだしてくるなんてスジがわるい。かわいい顔をしていたが、きっと昆虫くらいの脳ミソしかないのだろう。

ふと気づくと八幡太一がジトッとした視線をこちらに送っている。盗み聞きしていたようだ。いったいなんなんだコイツは。あいかわらず気持ちがわるい。

前部長で、確か長渕とかいう名前の先輩が、茶髪女に話しかける。

「ミタセン、校長室でお説教くらっているみたい。大丈夫かな。まあ、かなり図太いような感じはするけど……」

翌日の合奏時間に十分遅刻してミタセンはあらわれた。

なぜか両腕に布団セットを抱えている。

「喜べ、みんな。下校時刻が延びることになったんだ」

「どういうことですか？」

「校長が許可をだしてくれたんだ。ボクが学校に残っている限り、特例で生徒も練習を続けていいことになった」

得意満面で報告するも、部員たちは微妙な顔つき。「まさか毎日のように夜遅くまで居残り特訓をさせられるんじゃないでしょーね」と表情に書いてある。

あいかわらず他人の気持ちなどどこ吹く風のミタセンは口笛を吹いている。

「なんで布団を持ってるんすか？」

八幡太一が問いかけると、

「だってみんなが終電まで練習してたらボクは家に帰れないでしょ。そーゆーときはここに泊まるの。だから安心して練習してね。あとコンクールの曲を決めたから、パートリーダーは終わってから楽譜を取りにきて。じゃ、きのうできなかったからさっそく合奏するよ。クラリネット、B♭ちょうだい。はやくはやく」

四

チューバ転向を申しつけられた日は、どうやって家に戻ったのかすら覚えていない。四時前には自分の部屋にいたと思うので、音楽準備室をでてからまっすぐ帰ってきたようだ。

さすがに顔色がわるかったらしく、帰宅したおかあさんはすぐに声をかけてきた。

「沙耶ちゃん、なにかあったの？」

わたしは自分の感情がすぐさま表にあらわれない。とりあえず抑え込んでしまうので、自身の本当の気持ちがあとになってからわかることも多い。このときも家に帰って、ようやく、どうしてもフルートがやりたいんだということに気がついた。

「ちょっと、おかあさん聞いてよ」

ミタセンに会ってから二週間しか経っていないにもかかわらず、身の上に降りかかってきた理不尽な仕打ちの数々を述べ立てた。言葉が次々にあふれ出た。

おかあさんは本当に楽しそうにわたしの訴えを聞いていた。そんなおかあさんを見ていると、わたしもしゃべっているうちに、なんだかおかしくなってくる。

「その先生は本当にパワーのあるひとなのね。一回お会いしたいわ」

「会ったら絶対に幻滅するから」

「でも、ひとを巻き込むことができるっていうのは才能よ」

「そうかな。ただわがままなだけのひとだと思うけど」

「わたしは音楽をやったことないからあんまりよくわからないけど、愛着のある楽器から離れるのは辛《つら》いことなんでしょう？　どうしてもイヤだったら、もう一度先生と話し合ってみたらいいんじゃないの。でもひとって自分の人生をすべて自分で決められるわけじゃなくて、流れに従った方がいい場合もあるからね。むずかしいわ」

何回も説明したのに、おかあさんはミタセンのことをそれほど非難しない。ヤツがまったく他人の話に耳を傾けない人間だということをわかってくれないんだなとさびしくも感じた。でも、おかあさんはどんなときでも結論を急がず、最終的には「自分で考えなさい」と言うひとだということも知っている。

吹部の同級生にもＬＩＮＥで伝えておいた。一番仲のよい清水真帆からは、

「フルートに戻してもらうように言いに行くんだったらいっしょについていくよ！」

との書き込みがあった。

「ありがとう。もう少し考えてみるけど、言うときはひとりで言えるから大丈夫だよ」と返しておく。

「なんで木管から金管なんやろ。意味わからん。ミタセンむかつく」とあったのは副島奏。大磯渚はマキロンBの主人公ラムラちゃんの泣いている画像を大量に貼りつけてきた。


翌日の放課後には決意が固まっていた。

チューバなんか絶対にイヤだ。

だいたいデカすぎて、演奏中に客席から顔も見てもらえない。

地味だし重すぎるし場所もとる。

はっきりと断ろう。

「わたしは言える、わたしはちゃんと言えるんだ」と自己暗示をかけ、深呼吸してから音楽準備室の扉を開けると、

「おー、鏑木さん、ちょうど話をしてたとこなんだ。よかった、はやく来て来て」

ミタセンは満面の笑みを浮かべながら手招きする。その横には薄くヒゲを生やした痩身《そうしん》の男のひとが座っていた。肩口まである髪をうしろでくくり、チョンマゲみたい

になっている。

「こちらは今日から一週間、あなたにチューバの特訓をしてくださる辰吉《たつよし》さん。流しのチューバ吹きだよ。ホントにうまいから」

「あの、でも、わたし」と言いかけると、そのひとはにこやかに立ち上がって、「辰吉です」と頭を下げた。

人見知りするわたしでも初対面からすっと会話ができるような雰囲気を持つひとだったので、思わず、

「あっ、鏑木です。よろしくお願いいたします」と答えてしまった。

わたしは学校の備品であるチューバを、辰吉さんは自分の楽器を隣の教室まで運んだ。

とにかく重くてまっすぐ歩けない。腕の筋肉がつきそうでますますイヤになってきた。

ところが辰吉さんは開口一番、こう言った。

「どうせ、三田村さんに無理矢理転向しろって言われたんでしょ？」

ずばり真実を言い当ててくれたので、思わず激しくうなずいてしまう。

「しばらくやって性《しょう》に合わなかったら戻ればいいと思うよ。ボクからもちゃんと言ってあげるから」

　この言葉でだいぶ楽になった。

「まあせっかくの機会だし、しばらくいじってみようよ。いい経験にはなると思うからね。これがマウスピース。でっかいでしょ」

　さっそく口にあてて音をだしてみた。

「金管の音、だせるんだね。じゃあ試しに吹いてみよう」

　生まれて初めてチューバを持つ。いや持つというより抱くといった感じか。楽器を持っているのか持たされているのかわからないくらいの存在感だ。

「吹いてごらん」

「はい」

　息を吹き込むと、目の前からいままで聞いたことのないような低音が襲ってきた。音というより振動そのもの。うなりと言ってもいい。

「地味だろ。そこがとりこになるんだ」

　自分の衝撃をうまく言葉にできず、ただうなずく。

「チューバの演奏は高音部に比べると指遣いとかは簡単だよ。でも音型や音色、スピード、音量、長さといった微妙な加減はやっぱりとても奥深い。そういう意味ではけっして簡単な楽器ではないんだ」

辰吉さんはしばらくソロを吹いてくれた。

あれ、チューバってこんな素敵で柔らかい音色だったっけ。

しばらく音にからだをゆだねる。

演奏が終わり、余韻にひたってから聞いてみた。

「先生は辰吉さんのことを流しのチューバ吹きって言ってたけど、どこを流してらっしゃるんですか？」

ギターを持ったままふらっと横町の酒場に入り、酔ったお客さんから、「兄ちゃん、一曲やってよ」と言われて演奏するのが流しだと思っていたけど、はたしてチューバでそんなことができるのだろうか？

「ああ、あれね。ボクはいろんな楽団でチューバが足りないときに助っ人《すけと》に行ったり、こうやって教えに行ったりしてるんだ。オーケストラ、吹奏楽からディキシーランド・ジャズまでまあなんでもやるよ。でもやっぱりアマチュアのバンドが好きかな。楽しいしね」

「どういうところがですか？」

「みんな仕事や学校があって、その合間に好きで音楽をやっているわけだろ。なんか生活感があって、いっしょにやっててなんともいえず楽しいんだ。そんなときは、楽団のひとがどういうふうに生きてて、なにを表現したいと思ってらっしゃるのかなって一生懸命考える」

「えっ、自分がじゃなくて？」

「そうだよ。いっしょにやるひとがどんな音をだしたいと思っているのかを考えるんだ。プロだからあえて表現を抑えるってことだってある。いや、チューバはもともとそういう楽器なんだ。高音と高音の間を溶かし、下からみんなを支える。地味だけど楽しいよ」

「へー」

「もっともチューバだけじゃ食えないからね。本業は楽器屋だよ。辰吉楽器。知ってる？」

「えっ、あの駅前の大きな楽器屋さん？　もしかしてオーナーさんなんですか？」

「うん。三田村先生はいろんな楽器を買ってくれる大口のお客さんなんだ。学校の備品もきれいになってただろ。かなり傷んでたから大変だったな」

「あれもやってくださったんですか？」

「そうだよ。吹奏楽部の部員が楽器を買うときは、必ずウチへ連れてきてくれるって言ってくれたしね」

ミタセンは自分で楽器を磨いたと言っていたではないか。

すっかりだまされるところだった。

「でも、ここへ来ていろいろやっているのはお金のためじゃないよ。商売として考えてたらとても割に合わない」

「じゃあ、どうして手伝ってくださるんですか？」

「三田村先生の本気の夢って楽しそうだろ」

辰吉さんは本気という言葉に力を入れたので、

「本気じゃなきゃダメなんですか？」と聞いてみた。

「ああ、本気じゃなきゃダメなんだ」と言ったあとひと呼吸おき、

「よく『夢は必ずかなう』なんて言われているけど、ボクはそんなのウソだと思ってる。ほとんどの夢は達成されない。でも本気で夢を見ることは誰にでもできる。これが重要だと思うんだ。朝起きたら夢なんか忘れてるだろ。でも本気の夢は忘れない。忘れられない。ここからスタートなんだ」

その日行われた初めての合奏では、辰吉さんの横に座っていっしょに吹きマネをした。

みんなの音はまったくそろっていなかったけど、それでもこんなにいっぱいの部員で演奏できることだけでも感動した。

翌日からの一週間は辰吉さんの営む楽器店の地下スタジオでみっちり特訓を受けていたので、楽器倉庫での「かくれんぼ騒動」の顚末《てんまつ》はみんなからの報告で知った。

「わたしも参加したかったたな。なんか楽しそうだもん。それにしても、どうして校長先生はそんな簡単に下校時間の延長を許してくれたんだろうね」

昼休みに教室へ遊びに来ていた副島奏に聞いてみると、やっぱり彼女は情報をつかんでいた。

「少子化が進行してるから都立高校も統廃合が進んでるやろ。浅川高校みたいに歴史の浅くてなんの特長もない学校が、もっとも廃校のターゲットになりやすいんやって。でもウチの校長はそれを避けるために、なんとしてもこの学校の知名度を上げたいみたいやねん。そこへミタセンが自信満々に『全日本吹奏楽コンクールへ連れていく』と断言したもんやから、『それなら一年間だけ特例で許可するからやってみろ』ということになったらしいわぁ」

「全国大会って、東京から何校でれるの？」と大磯渚が尋ねると、

「今年は二校だけだよ」としっかり者の清水真帆が答える。

増えたとはいえ五十人に満たない部員数で、初心者も少なくない。ミタセンは本当に本気なのだろうか。

吹部の練習というと合奏を思い浮かべるひとが多いだろうけど、個人での練習がほとんどだ。安定した音をだし、与えられた楽譜を吹きこなせるようになるまでひとりで楽器と格闘する。

そのあとはパートごとに練習する。クラリネット、フルート、トランペットとそれぞれの楽器ごとで集まって演奏する。

学校や曲によっても異なるが、バリトンサックス、バスクラリネット、ファゴットといった低音をつかさどる木管楽器はいっしょに練習する場合が多い。

パートごとに集まって演奏するので、そのすべてを先生が指導するわけにはいかない。通常、パートリーダーに任命された上級生が、同じ楽器の下級生を教えることになっている。そしてパートリーダーは、自分がやっている楽器の音についても、ある程度の責任を持つことが要求される。

五月に入ってからの「三田村です」メールの標的は、このパートリーダーに絞られた。

〈うなりなく倍音が聞こえるように〉

〈ピアニッシモでのタンギングを徹底させて〉

〈スケール練習は半音階まで〉

〈クレシェンドの割合をもう少し考えさせる〉

きめ細かな練習を指示しているのだが、あまりにものべつまくなしに送りつけてプレッシャーをかけるもんだから、メールの受け手はたまったものではない。

パートリーダーたちはだんだんテンパってきた。

なかでもフルートの指導を受け持つ三年生の奥谷遙《おくたにはるか》先輩は、新入生の出来がいまひとつなため機嫌がわるい。そこへもってきて西大寺がパート練習にまったく参加しないことも許せなくなったようだった。ちなみにウチの学校の吹部において、オーボエは音域が近いのでフルートパートに属することになっている。

「ちょっとあんた部長なんでしょ。西大寺、なんとかして。一年生にしめしがつかないじゃないの。だいたい鏑木さんが吹部へ引っ張ってきたんじゃん。責任とってくれないと困るのよね。ちゃんとパー練にも参加させてちょうだい。頼んだわよ」

奥谷先輩とは去年まで同じフルートパートだっただけに、なおさら当たりはきつい。マジメ一本で融通のきかないひとだからしかたないと、なんとか自分に言い聞かせる。

パート練習にも参加するよう西大寺に話すと今度は逆ギレされた。

「はあー、なに言ってんの。オーボエはひとりしかいないんだからひとりで練習すればいいじゃん。奥谷？　合奏のときは完璧《かんぺき》に仕上げてきてるでしょ。だいたい誰がそんなこと言ってるの。奥谷？　ああ、あのヘタくそね。ああいうヘタなヤツらといっしょに練習するとこっちまで調子が狂っちゃうわけなのよ。わかる？　わかんないんだ。なんならオレから奥谷に直接言ってやろうか。ちなみにミタセンから合奏だけでてればいいって許可もらってるからね。つーか、それが吹部に入る時の条件だから。ウソだと思うんだったら聞いてみ」

聞く耳すら持たない。さらに、

「おまえ、だいたい出しゃばりすぎなんだよ。なんなの、ひとりでがんばっちゃって。いい加減、空回りしてることに気づけよ」

きびしい言葉はショックだった。

気を取り直してミタセンに問いただすと、

「ああ、べつに西大寺くんくらいのレベルだったらパート練習でなくても大丈夫でしょ。自分でキッチリ仕上げてくるんだし」

「でもそれだと部の規律が守れません」

「規律って言っても、パー練にちゃんと来ていてヘタなままのひとと、パー練に来なくてもちゃんと吹けるひとだったら、当然後者の方を大事にするでしょうよ」

「それだったらもし一年がパー練をさぼったときに奥谷先輩が注意して、『でも西大寺先輩とか来てないじゃないですか』って言い返されたとしたら、どう受け答えするんですか。奥谷先輩は板ばさみに遭っているんですよ」

そしてわたしも奥谷先輩と西大寺との間の板ばさみに遭っているということを伝えたかった。

「そんなこと一年に言われたら『ひとはひとでしょ』って言い返せばいいじゃん。どうしてそんなことで板ばさみになるのかボクには全然わからないよ」

ミタセンと話をしていると本当に疲れてくる。

ひとの心の機微というものをまったくわかろうとしない。

いらだちはそれだけにとどまらない。

毎日ではないものの、ミタセンは本当に学校で寝泊まりするようになったのだ。

それは構わないとしても、音楽準備室がただごとでなく生活感あふれる空間となっていく。

飲みかけのペットボトルがあちこちに林立するし、食べ終わったあとのカップラーメンなども放置されていて、異臭を放つ。ミタセンは整理整頓《せいとん》という言葉を知らないようだ。音楽準備室の半分はミタセンの領域だが、入り口に近いところは仕切られて部室としてつかっているので、放置しておくわけにはいかない。放課後一番にわたしが掃除をしていると、「家政婦のミタセン」というありがたくない称号まで献上されるハメになった。

さらに衝撃的な事実が明らかになる。

わたしが新しく担当することになったチューバは、同じ低音部を演奏するユーフォニアムや、ウチの高校では弦バスと呼ばれているコントラバスといっしょに練習することが多い。

弦バスは一年生の藤崎省吾《ふじさきしょうご》が担当することになった。

今年の新入生二十二人のうち男子は三人しかいない。彼らはいつも三人いっしょにいて、つねに内向きになってしゃべっている。顔立ちはみな草食系。まったく自己主張をしないので、ほとんどの部員は誰が誰だか認識できておらず、「一年男子たち」とまとめて呼んでいる。わたし自身も近いパートである藤崎省吾のほかは、なかなか名前を思い出せない。

　男子三人で固まっているとき以外はほとんど口を開かない藤崎省吾だったが、パート練習の合間に時間ができたので、なにげなく話しかけてみた。

「藤崎くんは最初、トランペットをいじってたのに、どうして弦バスにしたの？」

「あの、三田村先生が熱心に勧めてくれたんで、この楽器をやってみようと思いました」

「へー、どんな風に？」

「ボクにピッタリの楽器だって言ってくれたんですよ。星座とか血液型とか」

「えっ、星座と血液型？」

なんかどっかで聞いたことある話だ。

　さらに突っ込んで尋ねると、

「先生が有名なコントラバス奏者の書いた外国語の本を持ってきてくれて……」

「もしかしてフランスのなんとか教授の書いたっていう……」

「そうです、そうです。その教授の理論によると、ボクにはこの楽器しかないってことだったんで」

　イヤな予感がした。

翌日の放課後、いつもどおり掃除をする振りをしながらミタセンの机のまわりを捜索すると、例の本が出てきた。

パラパラと繰ってみるも、なにがなんだかサッパリわからない。

ポケットからスマホを取り出して、ネットでフランス語の無料辞書アプリを探す。

そして、その本のタイトルを入力してみる。

実行ボタンを押すと、ほどなく簡易翻訳された。そこにあらわれたのは、

「十八世紀南フランス家庭料理の歴史」という文言。

やられた。

我慢できずミタセンが来たときに抗議する。

「先生、だましたでしょう。知ってるんですよ。この本の中身」

厳しく追及するも、

「ああ、バレちゃったんだね」

動揺するそぶりすら見せない。

「どうしてわたしをチューバに選んだんですか？」と問いかけると、目をしばたたかせ、

「鏑木さんの性格がチューバ向きだと思ったから」と取ってつけたように言う。

「ウソばっかり。ホントひどい」

呆然《ぼうぜん》としてつぶやくと、

「えー、じゃあ吹部やめちゃうの、もったいないな。もういまさらほかの部活なんか移れないだろうね。あーあ、かわいそうに。部活のない暗黒の高校生活を送るんだ。将来、子どもに『おかあさん、高校で部活なにやってたの？』と聞かれたら『帰宅部』って答えるしかないんだね。それでもいいの、ホントにいいの？」

一番気にしているところを突いてくる。

あー、なんてイヤなヤツなんだろう。心のなかで愚痴ってみた。

それでもなんとか我慢してミタセンについていっていた。

ある日の合奏でマーチをやっているときのこと。ミタセンはいきなりこう命じた。

「ラッパの八幡くんと清水さん、ファーストとセカンドを交代してみてちょーだい」

八幡太一は憤然として納得いかない様子で、清水真帆は驚きを隠せない。

トランペットは吹奏楽の世界において花形だ。金管楽器ではもっとも高い音がでるため主旋律を演奏することが多い。とにかく目立つのである。

そのパートのなかでも高い音を吹く順にファースト、セカンド、サードとさらに担当が分かれている。

ファーストは一般的にその吹部のエーストランペッターが吹く。メロディーを演奏するという栄誉を担うだけに、失敗するとその責任もすべて負わなくてはならない。

真帆はほとんど聞きとれないような小声で抵抗した。

「……わたし、ムリです。このままじゃダメですか？」

「ダメダメ、とりあえずやってみて」

ふたりは入れ替わって合奏は再開した。

ところがまったく練習をしていないフレーズを吹くこともあって、真帆はなかなかうまくいかない。

そのたびに演奏をとめられ、

「清水さん、そこリズムおかしいよ」

「ラッパのファースト、やり直し」と注意を浴びせられる。

なんとかついていこうとしているのだが、萎縮《いしゅく》してしまっているのか息が安定して入ってこない。

次の日の真帆は元気がなかった。

それでも個別練習のときに教室をのぞいてみると、必死になって新しいパートを練習している。

この日の合奏においても真帆は集中砲火を浴びた。

「楽譜がからだに入っていないよ。そこの音、短く切って。はい、やり直し」

「違う違う、もっと立てて」

「あー、なんだその音、大きい音ときたない音とは違うんだよ。自分の音をもっと聴いてみて」

しばしば合奏はとめられ、真帆だけがみなの前でひとり吹かされる。

真帆の顔面は蒼白《そうはく》だった。

翌日は心配になったので、昼休みになるとほかの二人と真帆の教室に行ってみた。

予想どおり机の上につっぷしている。

「まーほ」

「元気だしてよ」

「ミタセンの言うことなんか気にしたらアカンでぇ」

大磯渚や副島奏と励まし続けるも、

「ありがとう、がんばるよ」と力なくつぶやくだけ。

ふだんからそれほど口数の多い娘《こ》ではなかったが、やっぱりふさぎ込んでいる。

放課後になり、合奏の時間が近づいてくるとキリキリと胸が痛んだ。今日は無事に終わりますようにと祈る。

　でもきのうと変わらず、名前を呼ばれるのは真帆ばかり。

　合奏はまったく前に進まない。

　ミタセンの言うことはもっともなことばかりだった。でも言葉尻《ことばじり》がきついので、真帆は緊張のあまり対応できなくなっている。

　もう少し言い方ってものがあるんじゃないの。

　抗議をしようと思った矢先のことだった。

「やっぱりわたし、できません」

　そう言うや、真帆は音楽室を飛び出していった。

「真帆」

　あわてて追いかけようとすると、

「ほっといたらいいから」とミタセンから制される。

　その日、真帆にメールを送ったけど返事はなかった。

　翌日の学校にも姿をあらわさない。

　ミタセンは真帆が来ていないことなど気にもかけていないようだった。

心配になって部活が終わってから家を訪ねてみる。

真帆の家はＪＲ八王子駅近くの商店街のなかにあった。

一階は文房具屋さんの店舗で二階が住居になっている。下のお店は清水文具店という名前なのでご両親が経営しているのだろう。

わたしは新興住宅街で生まれ育っているから、こんなおうちは初めてだ。同じ八王子とはいっても地域によっていろんな表情があるんだなと思った。近所には女性ミュージシャンの大御所フーミンの実家である呉服屋さんもあるらしい。

真帆が入れてくれたティーバッグの紅茶をふたりで静かに飲む。

思ったよりも元気そうでホッとした。

「わたしさ、誰にも言ってなかったけど、もともとすごいあがり症なの。小さいころから本番はことごとくダメでさ。ますます人前にでるのがおっくうになってきた」

真帆は問わず語りに話しはじめた。

「小学校のとき、運動会の実行委員になって朝礼台で話をしなくちゃならないことがあったんだけど、壇上にのぼると息もできなくてね。ひとこともしゃべれずに降りたんだ。練習でできることでも本番は絶対に失敗する。だからなるべく目立つところへは顔ださないようにしようって決めたんだ」

いったん紅茶に口をつける。

「高校もホントは本命の私学へ行きたかったんだけど、入試のときに固まっちゃってさ。頭が真っ白になってなにも書けなかった。だから公立は、担任が『お前だったらここは安全圏』って言ってくれた学校を受けたってわけ」

「真帆は頭がいいからどうしてウチの学校に来たんだろうと不思議に思っていたのよ。そんなことがあったんだ」

仲がいいつもりだったけど、知らないことばかりだったんだなと実感する。

「大学入試だって失敗するのはわかってる。だから勉強しても意味ないんだけどね。ムリせず推薦で行けるところを探そうと思ってるんだ」

真帆は力なくほほえんだ。

「わたし戦いのない世界へ行きたいの。静かに生きていけたらそれでいい。トランペット選んだのも失敗だったと思う。だってペットって『わたしがやってやる』っていう気持ちがあるひとじゃないと務まらないじゃん。家にトランペットがあったからはじめただけなんだけど、性格的に向いてないとつくづく感じるんだ。沙耶ちんがチューバへ転向するって聞いたとき、わたしも変わりたいと思った。だって低音部だとあんまり失敗が目立たないじゃない。まあ聴くひとが聴けばわかるんだけどさ」

「吹部、どうするの？」

「学校の文化祭とかで演奏するだけの部活だと思って入ったから、コンクールへでるなんて気が重かった。で、やってみて、やっぱりわたしにはムリだと思う」

「そんな、さびしいこと言わないでよ。じゃあ、ファーストじゃなければ吹部に戻ってくれる？」

「ミタセンにはなにを言ってもムリじゃないかな。もう疲れちゃった。今度生まれてくるんだったら植物がいいな。本番とかなさそうだし。ひとに期待されるのってしんどい。もう静かに生きていきたい」

　真帆はわたしにとって一番大切な友だちだ。自分のためだったら文句なんか言えないけど、真帆のためだったらぶつかっていける。

　わたしはミタセンのところへ直談判《じかだんぱん》しに行った。

「先生、真帆をセカンドに戻してください」

「ダメダメ、もう決めたんだから。まだまだ足りないとこばっかりだけど、将来性を考えると清水さんが一番向いてると思うよ」

「でも本人がムリだって言っているんだから。なにより彼女の気持ちが大事でしょ」

「はあ、なに言ってんの？　吹部に入ってきて、ファーストやりたくないとかわけわかんない」

「いろんな考え方を持った子どもがいるんだから、その生徒の感情を思いやって育てるのが教師の仕事でしょ」

「教師の仕事って言うけど、ボクはね、教育とかそういうの全然興味ないの」

「だって、先生は先生じゃん」

「音楽やりたいからたまたま先生やってるだけ、音楽だけで生きてけるんだったら教師なんかいつでもやめちゃう。教職はイヤイヤやってんのよ」

「でも仕事は仕事でしょ。だったら生徒の気持ちを考えて指導しないと」

「先生、先生ってなんでも教師に頼るんじゃないよ、まったく。いまの子はいつでも態度が消費者だからまいっちゃうんだよね」

欧米のひとが困ったときにするよう手のひらを上に向け、大げさに肩をすくめて見せるもんだから、さすがに頭に来た。

「だって、あなたは教師でしょ。悩んで迷っている生徒がいたら、その心をひらくように導くのが教師じゃないですか」

「教師？　はあ、ボクだって人間だよ。二十四時間教師の仮面をかぶってられないよ。

ボクは教室で教えてるときだけ教師なの。部活のときのボクはボクなのよ。イヤならやめたらいいんだよ」

「じゃあ、なんで教師やってんのよ」

「だからさっきも言ったでしょ。生きるためよ。働かなきゃごはん食べられないでしょう。教師だってうんこもする、欲望もある、好きな生徒もいれば嫌いな生徒もいるわけ。人間なのよ。他人に期待しすぎると良くないってこと、身をもって教えてるの。うらむんだったら採用した教育委員会をうらみなさい。ボクに教えられるようになったわが身の不幸を呪えばいい」

わたしはそれほど沸点の低い人間じゃないけど、このときばかりは頭に血が上った。

「前から思ってたんだけど、先生はどうして生徒をほめないんですか？」

「そりゃ、ちゃんとできてりゃほめるよ。ほめるとこないんだもん、しかたないじゃん」

なにを言っても意に介さず、のれんに腕押しだ。

ミタセンはひとの意見を聞くということを知らない。

家に帰って言っていることをよく検討してみると、おかしなことばっかり。でもあまりにも早口なので、その場ではいつもごまかされてしまうのだ。

普段だったらとっくにあきらめていただろう。でも今日ばかりは真帆のために、あとには引けない。

しつこく食い下がってみた。

「先生のせいで真帆は登校拒否になっちゃったんだからね。どうしてくれるの？」

その瞬間だった。

ミタセンの顔が激しくゆがんだ。

「登校拒否……」

それだけつぶやくと、フラフラと立ち上がる。

「登校拒否、そーなんだ。学校来てないんだ」とぶつぶつつぶやく。

そして音楽準備室のなかをぐるぐるまわりはじめた。

挙げ句の果てに、わたしのことを置いて出ていってしまった。

いったいなにが起こったのだかさっぱりわからない。

その日の合奏はミタセン不在のため取りやめになる。

翌日から真帆は吹部に復帰した。

「ミタセンから電話があったんだ。セカンドに戻してくれるだけじゃなくって、これからの合奏では絶対に厳しく言わないからとにかく復帰してくれって……。なんか泣いてるみたいだったから、もう戻らないとも言えなくてね」

急転直下、一件落着となったわけだ。

それにしても、あれほどガンコでわがままで、ひとの言うことなんか全然聞く耳を持たないミタセンがどうして急に態度を変えたのだろう。キツネにつままれたような思いだけが残った。

ところを知らなかった。

五

真帆の件ではわたしの直訴に折れてくれたものの、ミタセンのスパルタはとどまるところを知らなかった。

合奏のある日は九時、十時の解散が当たり前。土日も必ず長時間の練習を行う。もっともミタセンに言われてというより、生徒みずからが自主的に残っている場合も多かった。

上級生は下級生に指導しなくてはならないので、ひとりで楽器と向き合う時間を確保するため自然と朝練をはじめるようになる。

とりわけわたしは初心者でありながら、チューバのパートリーダーにもなってしまったため、必死になって練習した。

チューバはほかの楽器のように気軽に自宅へ持って帰ることはできない。学校が開いていないときは、辰吉さんのお店に行って地下のスタジオで吹かせてもらった。代金を払おうとしても、

「お金はいいよ。三田村さんにもらっているから大丈夫。いつでもおいで」と言ってくれるので、その言葉に甘えている。

ときどき指導もしてくれた。

「鏑木さん、うまくなったね。でも音をだすとき、もう少しはっきりタンギングしよう」

「はい」

「そう、それでいったん音をだしたら息のスピードは変えない。同じ太さをキープね。そう、できてるよ。できてる。そんな感じ。もっと歌って。そう」

辰吉さんはどんなときにもまずほめてくれるので、いっしょに練習しているととても楽しい。なによりもチューバという楽器に対する深い愛情が伝わってくる。わたしも自然とチューバが好きになってきた。

学校で借りている楽器だって最近はかわいくてしかたない。いつも自分の楽器に話しかけている榊甚太郎じゃないけど、わたしも去年亡くなったボタンインコの名前を借りて「ドンちゃん」と呼ぶことにした。

六月半ばになると思いがけないニュースが入ってくる。

野球部が夏の甲子園の西東京予選で四回戦まで勝ち進んだため、吹部に応援演奏の要請が来たのである。

さっそく全体ミーティングを開いた。まずはわたしから話をしなくてはならない。みんなの前に立つと心臓が早鐘《はやがね》を打つ。いつになったら慣れるんだろう。

「えー、それでは今から楽譜をくばります。えと、それほどむずかしい曲ではないので、初見で吹けるひとも多いと思いますが、コンクール曲の合間にひととおりやっておいてください。えーと、試合前日の四時から一度合わせてみます。あと注意点がひとつ。音をだしていいのは自校の攻撃のときだけ。だから、あの、スリーアウトになったら、曲の途中でも演奏をやめてください」

前部長の長渕詩織先輩が続いた。

「あと熱中症対策も気をつけてくださいね。水分はこまめに補給すること。直射日光を防ぐために帽子とタオルは忘れずに」

いつもさりげなくわたしの足りないところを補ってくれる。

さらに木管をたばねる奥谷遙先輩が継いだ。

「木でできている楽器は暑さに弱いので充分に注意してください。オーボエ、ファゴットは参加しません。クラのひとは自分の楽器じゃなく、樹脂製の学校の備品をつかってください。サックス、フルートも演奏しないときは日陰に置くことを忘れずに」

木管は音が小さいうえ、デリケートなため屋外での使用には向いていない。温度差に弱く、割れてしまうこともある。とりわけオーボエやファゴットは楽器自体が高価なうえ、繊細な構造になっているので、慎重にあつかわなくてはならない。野球部の応援はあくまでもトランペットやトロンボーンといった金管が主役なのである。

ミーティングを終えると恵那凜が奥谷遙先輩のところへ飛んでいった。

「あたし、どうしても自分のクラリネットをつかって応援したいんです」

「エナリンのって、それ、買ったばっかでしょ。やめた方がいいよ。壊れたらたいへんだよ」

「いいんです。これを吹きたいんです」

野球部の松原くんを応援するために吹部へ入っただけあって、気合い十分だ。それにしても、体が弱いらしく、週一回は学校を休んでいる恵那凜が灼熱《しゃくねつ》のスタンドに耐えられるのだろうか。ちょっと心配だ。

わたしにとってもスタンドでの応援は楽しみ。なにしろ新しい楽器を演奏することができるのだから……。

屋外で音楽隊が行進しながらマーチを演奏する際、からだに管を巻き付け、巨大な朝顔を前に向けて歩いている隊員を見たことがないだろうか。

あの楽器はスーザフォンといい、世界のマーチ王として知られるJ・P・スーザという アメリカの作曲家によって、低音の演奏形態の幅を拡《ひろ》げるために考案されたものだ。ちなみにスーザフォンはチューバ奏者によって演奏される。

人間と楽器がまるで合体してるかのような様相を呈《てい》しているだけでなく、朝顔の部分にはローマ字で母校の名前がプリントしてあるので、ふだん目立たないチューバ担当者は珍しく脚光を浴びているような感覚にひたることができるのだ。

わたしにはうまくできないけど、つわものになると高く掲げてくるくるさせる「スーザ回し」という技をつかうひともいる。注目されたいというわけじゃないが、やっぱり一度はスーザフォンを体験してみたい。

ドンちゃんには「浮気するんじゃないんだよ。おまえは重すぎて持ってけないから、お留守番ね」と言っておいた。

いっぽう頭痛のタネもあった。西大寺の存在である。

だいたいヤツは全体ミーティングにすら顔をださない。合奏にだけは参加するものの、終わるやいなや誰とも話すことなく消えてしまう。

その日も帰ろうとする西大寺を追いかけて、ようやく捕まえる。

「ちょっと待って。聞いたかもしれないけど、野球部の応援で演奏することになったの。これ楽譜だから」

と手渡そうとしても、

「あ、オレいいから。だってオーボエだもん」

受け取りを拒否する。

「あなたぐらいのレベルだったら、これくらいのペットはすぐに吹けるでしょ。学校の備品つかって参戦してよ」

「やだよ。だいたいなんでオレが野球部の応援なんかしなきゃなんねえんだよ」

「吹部が依頼されてんだから当たり前でしょ。楽器やんなくったって、メガホン部隊で参加しなきゃダメなんだからね」

「冗談じゃねえよ。オレ行かねーから」

西大寺は大声で叫ぶと、

「応援して欲しいのはこっちの方なんだよ」とつぶやき、走り去る。

試合前日の合奏にも西大寺はあらわれなかった。

さっそく加藤蘭先輩が茶髪をなびかせながらやってくる。

「鏑木、なんで西大寺が来ねえんだよ。奥谷とか困ってんじゃねーか。下級生にしめしがつかねーんだよ。おめえ部長だろ、なんとかしろ」

厳しく詰められる。

「すいません。メールも打ったんですけれども……」

「なんて返事が来たんだよ？」

「『おせっかいすんじゃねーよ』とだけ……」

「ったく、つかえねーヤツだな」

わたしは緊張のあまり固まってしまった。威厳もなにもない名前だけの部長なんだとあらためて実感する。情けなくて消えてしまいたい。

味方にはなってくれないということはわかっていたけどいちおう相談してみようと思い立ち、すでにミタセンの要塞《ようさい》と化している音楽準備室へ行ってみた。

「先生、西大寺が野球部の応援に来ないって言ってます」

「へー、どうしてなんだろうね」

「さー、やっぱり元野球部だから、いろいろ複雑な気持ちとかあるんじゃないですか」

「えー、西大寺くんって野球部だったの？　知らなかったなー」

なんどもミタセンには言ったはずなのにまるで覚えていない。生徒の個人情報など関心がないのだろう。

「まあ、行きたくないならしょうがないね。応援って自主的にやるもんだもん」

予想どおり、なんの手助けもしてくれない。このひとは集団の規律だとか、ルールというものにはまるで頓着《とんじゃく》しないのである。

だいたい野球部の応援自体にいっさい興味を示さず、

「わるいけど、全部任せたから」

とすべてをわたしに丸投げだ。コンクールのことしか頭にないのだろう。なんでわたしはこんな男のもとで部長をやっているんだろう。いつもいつも怒られるのはわたしばっかり。心の底からイヤになってきた。

ところが翌日の出発時間直前になって西大寺はあらわれた。

「あっ、西大寺、来たんだ」と声をかけると、

「ざけんじゃねーよ。このおせっかい女。いらねーこと言うなよな。てめえのせいなんだよ」

逆ギレされる。

なんで怒られるのかさっぱりわからない。ポカンとしていると、いきなり携帯電話を押しつけてくる。

受け取って画面に目をやると、「三田村です」の文字が。

思わずメールの文章を追いかける。

〈西大寺くんって野球部やめたんだってね。鏑木さんから聞いた。監督の野本《のもと》さんに『西大寺くんは野球部の応援に行きたくないって言っているんですけれども、イジメられたんですか？』って聞いたら、『そんなことありません。西大寺のことはいまも気になってます。そんなことを言っているんですか？』って悲しそうな顔をしてたよ。でも応援したくないひとに応援されたら野球部だって困っちゃうよね。来たくないなら来なくても全然構わないからさ。この時期は暑いもんね。体調崩したら元も子もないよ。それよりコンクールをがんばろう。じゃあね。バイバイ〉

ひとの気持ちを逆なでするような文面に驚く。

野球部の監督まで巻き込んでしまったので、ミタセンの言葉を打ち消すため、来ざるを得なくなったのだろう。

「じゃあ、西大寺の分のトランペットも積み込まなきゃ」と言うと、

「楽器はいらねえから」と再び怒鳴られる。

なんで毎日いろんなひとからこんなに怒られなきゃいけないいんだろう。

それにしても肝心のミタセンの姿が見当たらない。

めずらしく野々っちが引率に来ていたので聞いてみると、ミタセンは体調不良のため自宅で静養しているのだという。

ズル休みに違いない。


八王子市民球場に着くと打ち合わせどおり、めいめいが各自のポジションに座った。西大寺だけポツンと離れたところに腰掛けたので、あわてて連れ戻し、わたしの横に押し込む。放っておくと、なにをしでかすかわからない。先輩に怒られるのはわたしの方だ。

先発は二年生エースの松原くん。恵那凛のお目当てである。事情通の副島奏によると、去年の秋までは西大寺とエースを争っていたひとらしい。ヒジのケガがなければ、マウンドに立っていたのは西大寺だったと聞いている。それが原因かどうかわからないけど、ヤツはあいかわらず最高潮に機嫌がわるい。

サイレンが鳴り、試合開始。相手は私学の東京文理《とうきょうぶんり》大付属高校だ。

「文理って強いの？」

「ああ、毎年ベスト4まで確実に進んでるし、一昨年《おととし》の春には甲子園に行ってる」

「勝てるかな?」

「勝てっこねえじゃん」

「どうしてそう思うの? そんなに力の差があるの?」

「だってオレがいねーんだぞ」

西大寺は吐き捨てるように言い放つ。

序盤はお互い得点なく、スコアボードにはゼロが並んだ。浅川高校の攻撃は淡泊だったため、「サウスポー」「タッチ」といった吹部の十八番《おはこ》も最後まで演奏できずに終わってしまう。

それにしても野球のルールってどうしてこんなにわけがわかんないのだろう。なにがなんだかさっぱり理解できないことが次々に起こる。

「ねえねえ、いまどうしてアウトになったの。ファールじゃないの?」

「スリーバント失敗」

「それなあに?」

「ツーストライクからバントを失敗したらアウトになるの」

「ふーん」

「えっ、どうして一塁のひとがそのまま二塁に行ったの？」

「ボークだから」

「それって、どういう意味なの？」

「プレートに触れてから投球動作を途中でやめたんで反則なの」

「プレートって？」

「……」

途中からなにを聞いても教えてくれなくなった。

五回の表、松原くんは相手に連打されて続けざまに二点を失う。

そのたびに恵那凛の悲鳴が届き、崩れ落ちる姿が目に入る。

西大寺は無表情なまま、だるそうにグラウンドを見つめるのみだ。

七回に入ると暑さのせいで頭がくらくらしてくる。ウチの学校の備品であるスーザフォンは合成樹脂でできているので、チューバに比べると軽いのだが、それでも左肩で支え続けていると次第にめりこんでくるように感じる。首もとにはタオルを巻いているものの、直射日光は容赦なく照りつけ、汗はとまらない。美白をめざす加藤蘭先輩は、

「やだ、焼けちゃう」

と茶髪を振り乱して狂ったように日焼け止めを塗りまくっている。

裏の攻撃になると浅川高校にひさびさのランナーがでたので、すぐさま曲目を「チャンス法政」にスイッチ。

「かっとばせー、あ、さ、か、わ」

力強く声援を送る。

わが校吹部の演奏はとても気合いが入っていた。とりわけ榊甚太郎は二メートルもあろうかと思われるハチマキを締め、大学の応援団のようなキビキビとした動きでバスドラを打ち鳴らす。あんな風体《ふうてい》をしている榊甚太郎だが、遠目に見るとなんかカッコイイ。そういえばひとりで「レッド・ツェッペリン」を叩《たた》いていたときもスティックをまわしていたっけ。意外にスタイリッシュな演奏を心がけるひとのようだ。

その横ではふだん鍵盤《けんばん》打楽器をやっている北川真紀がスネアを叩いているのだが、よく見てみると、それは榊甚太郎の「健太」なのである。

ほとんどの部員は自分の楽器に名前をつけ、ときには話しかけることも少なくない。しかし甚太郎の場合、話しかけるというより、会話をしていると言っていい。真剣に相談しているときすらある。そんな大切なヤツの分身である「健太」を後輩の北川真紀につかわせていた。パーカッションパートの団結力を感じさせる。

吹部が一丸となって応援するなか、ひとり西大寺だけがあんぐりと口を開け、だらしないリズムでメガホンを叩いている。

浅川高校の攻撃はノーアウトランナー一、二塁となり、九番の松原くんに打席がまわった。

恵那凛のクラリネットが一段とパワーアップする。

しかし初球から立て続けに送りバントを失敗したうえ、三球目を強打するとセカンドゴロでダブルプレー。バッティングの方でもブレーキになっている。

西大寺のやる気のなさが伝わったのか、後続も簡単に討ち取られ、この回も零点に封じられてしまった。

八回の表に入るやいなや、前方で騒ぎが起こる。

「渚、渚、大丈夫？」

アルトサックスの大磯渚が倒れたようだ。あわてて駆け寄ろうとするも、巨大なスーザフォンが邪魔になって身動きがとれない。大磯渚は奥谷遥先輩と長渕詩織先輩に支えられ、日の当たらないところに寝かされた。いつもは妖気《ようき》さえ感じさせるツインテールも今日は元気がない。アニオタで完全インドア派の渚にとって、スタンドの暑さは経験したことのないようなものだったのだろう。渚、あんたはよく戦ったよ。あとはわたしたちががんばるから。

九回の表になると西大寺がはじめてみずから口を開いた。

「まずいな」

「どうしたの？」

「少し球がうわずってきた。松原の握力が落ちてる」

「そうなんだ」

「もう限界かもしれない」

深刻な声色だったので思わずスーザフォン越しに西大寺の方を見やると、拳《こぶし》を握りしめ、いつの間にやら厳しい表情になっている。

いやな予感は的中し、フォアボールのあと、連打を浴びて一点追加された。松原くんはマウンドを降り、ライトへまわる。リリーフは後続をなんとか断ち切った。これで三対〇。

そして最終回。汗みどろになりながらも「ＡＫＢメドレー」で声援を送る。東京文理大付属の吹部も強豪だが、音では絶対に負けていない。

届け、わたしたちの思い。負けるな野球部。

ここ数ヵ月、朝から晩まで楽器を吹いているので、厳しい練習を続けてきた彼らの気持ちも少しだけわかるような気がする。三年生にとっては最後の大会だ。勝敗が決するまで戦い抜いて欲しい。

でも浅川高校の攻撃を散発三安打に抑えている相手エースの球速は落ちていないみたいで、簡単に二死となってしまった。

迎えるバッターは九番の松原くん。まだ一度も塁にでていない。

万事休すと思った瞬間だった。

西大寺は立ち上がると、前に座っていた清水真帆の肩を叩き、

「ゴメン、貸して」

と言うやトランペットを奪い取り、松原くんの方に向け、

「パラパラッパラー」

ファンファーレを鳴らした。

吹部は応援の際、音を相手側スタンドへ目がけて発することになっている。禁を犯して勇気を送ったのだ。

初めて聞く西大寺のトランペット。

透きとおるようでいて力強く、スタンドのなかを突き抜けた。

打席へ向かおうとした松原くんがこちらを振り返る。

その音が合図だった。

吹部は一体となって「コンバットマーチ」を奏でる。みんな疲れ切っているけど渾《こん》身《しん》の演奏だ。

恵那凛ひとり、もはや楽器をあつかうことすらかなわず、激しくしゃくり上げながら目をつぶり、手を組んで祈っている。

八幡太一は西大寺に負けじと立ち上がってトランペットを吹き鳴らした。

みずからの恋敵《こいがたき》が打席に立っているにもかかわらず、精一杯音のエールを送っている。

ファールで粘った松原くんは小飛球をライト前に落とし、なんとか出塁した。

スタンドに歓喜が広がり、すぐさま「天理《てんり》高校のファンファーレ」に切り替わる。野球だけでなく吹奏楽でも強豪である奈良の天理高校は、誰もが知っている応援メロディーを数多く持っている。

浅川高校は、そのあと、ヒットとフォアボールでツーアウトながら満塁となり、三番キャプテンの畑田《はたけだ》さんが打席に立った。

野球にうといわたしでも、ホームランがでればサヨナラ勝ちだということだけは理解できる。「ダッシュKO」で後押しだ。

ツースリーからファウルで粘った七球目。鋭い打球がレフト線に放たれた。

「キャー」

全員が演奏をやめて立ち上がる。

スタンドをめざしてきれいな放物線を描いた白球はフェンスの手前で失速し、回り込んだ相手レフトのグラブに収まった。

「ウー」

サイレンが鳴り響く。

西大寺は清水真帆のトランペットを握ったまま立ち尽くしていた。


バスドラやメガホン、スーザフォンといった荷物を球場横に来ているトラックへと運び込む。さすがに疲れ切っていて、誰ひとり言葉すら発しない。

三十メートルほど離れたスタンドの陰で、野球部員は車座になり、監督の話を聞いていた。

距離があるにもかかわらず、選手たちの嗚咽《おえつ》が届く。

「ありがとうございました！」

野球部が解散になると、ひとりの部員がこちらへ走ってきた。

「西大寺、西大寺」

見ると松原くんだ。西大寺は困ったような顔をして立ちすくむ。

「キャー、先輩だ」

恵那凛は涙で崩れきった顔をゆがませ、小刻みにはねる。

「西大寺、ゴメン、ゴメン、おまえの分まで、おまえの分まで……。がんばろうと、思って……。ゴメン。ゴメン。力がなくって。おまえがいてくれたら勝てたかもしんないのに……」

松原くんは涙で言葉にならない。

「応援、ありがとう。最後のトランペット、うれしかった。オレはホントにダメダメだったけど、塁にでれたのはおまえのおかげだ。ありがとう。でもゴメン」

西大寺の手を握りしめる。

野球部の野本監督やキャプテンの畑田さんもやってきた。

「三田村さんから聞いたよ。吹奏楽部に入ったんだってな。野球部の甲子園みたいなコンクールをめざしてるんだろ。西大寺の力でみんなを連れていってやれ。応援してるぞ」

「オレたちはもう引退だけど、おまえにはあと一年残ってる。三年野球部員の気持ちを胸に吹部でがんばれ」
それだけ言い残すとみなは小走りで去っていった。
感極まった恵那凛は泣いていた。
八幡太一も半分泣いていた。
西大寺はあいかわらず立ち尽くしていた。じっと自分の手のひらを見つめながら。
気のはやいニイニイゼミの声が耳に届く。
わたしたちが気づかぬうちに夏はもうそこまで来ていた。

六

家に帰ると八時半だった。最近、吹部の合奏は長引くことが多かったので、これでもはやい方だ。母親は残業らしくまだ帰っていない。冷蔵庫から鍋《なべ》を取り出して温める。流しに食器が沈んでいるので、弟は先にひとりで食べたようだ。

オレが中三になったころ、母親は近所のショッピングモールにあるスーパーへ、パートにでることにした。

オヤジは反対だったらしく、夜中によく言い争いが聞こえてきたものだ。

「パートのレジ打ちなんてみっともないマネはやめろ」

「おとうさん、そんなこと言ったってしかたないじゃないですか。このご時世、働けるところがあるだけでもありがたいと思わなくっちゃ」

「なんとかやりくりするのが主婦ってもんだろう」

「言いにくいけど、こんなにお給料が下がったら、やりくりだけじゃやってけないわ」

「できないできないって努力してみたのか？」

「これから子どもの塾とかにも費用がかかるのよ。支払いができなくなるのは明らかだわ。このまま、この家を手放すって言うんですか。ローンがあと十五年も残っているんですよ。わたしはイヤ。わたしは絶対にこの家を守ってみせますからね」

たいそうな覚悟で結婚以来、十八年ぶりに働きはじめたのだが、そとの空気は性《しょう》に合ったらしく、今ではパートながら主任の肩書きを与えられ、レジの締めを任されているので残業することもあるらしい。

かえって生き生きとしはじめているのだし、晩飯はちゃんと作ってくれているのでオレとしても文句はない。

温めたシチューをご飯のうえにぶっかけてかき込む。先ほどまでやっていた演奏の余韻がまだ耳に残っていた。

吹部のヤツらはバカばかりだが、その上達ぶりには目を見張るものがある。

今日の練習だってそうだ。ミタセンは、

「とにかくまわりの音を聴くこと。耳を澄ませるんだ」ということを繰り返し言い続けていた。

しかしどうしてもトランペットのバランスがわるい。イメージする音をだすことだけに注意がいってしまっている。

するとと演奏をとめたミタセンは、

「おい、八幡くん。キミが指揮してみて。指揮台に立ってとにかくみんなの音を聴くんだ」

と言いだした。

「え、え、ムリっす」とイヤがる八幡に指揮棒を押しつけると、ミタセンは、

「じゃあ二百三十五小節目から、最初はトランペット抜きで、はい、ワン、ツー、さん、しっ」

八幡は音の迫力に圧倒されながら、ぎこちなく振りはじめる。はじめはおっかなびっくりだったが、次第に目を細くする。

「はい、とめて。次にトランペットも入れるから、どう響くかよく聴いて。清水さん、いまだけトップ吹いてみて。いくよ、ワン、ツー、さん、しっ」

振りながら八幡の表情が変わってきた。ヤツにとってはひとつの音楽体験だったろう。

ミタセンが指揮台に戻り、もう一度合わせると、トランペットの音量やピッチは劇的に変わった。

曲の全体像を理解したのだろう。八幡の音も格段に良くなっている。

あいかわらず魔術のような指導法だ。

ただ残念なことに、あいつらは、自分たちが短期間のうちにどれほど上達しているのか気づいていない。もっと外側から吹部を見ることができたら勢いがつくかもしれないのに。

食器を洗って乾燥機に入れ、部屋へ戻ると携帯が光っている。

見てみると八幡太一からだ。

最近妙になれなれしい。

もっとも同じ学年の男子となると、オレのほかには、いつも自分の楽器に話しかけているパーカッションの榊甚太郎だけだし、一年ではキモい三人組しかいないので、ひっつきたくなる気持ちがわからないでもない。

LINEを開いてみると、

〈リップスラーがどうしてもうまくいかない。あした、少しだけ時間くれ。あとピアニッシモのロングトーンをやるときハイトーンがでないんだ。そのコツも教えて欲しいんだけど……。すまん〉

音楽に関しては意外に真剣なようだ。

〈わかった。放課後、2年C組の教室へ行く〉と返しておいた。

どうしようもないクズ野郎であるという評価は変わらないものの、とりあえず相手はしてやることにしている。

八幡のトランペットはあいかわらずピッチが不安定だが、ひょろひょろの割にはしっかりとした音量を持っている。へんなクセがついていないだけ、伸びる可能性はあるのかもしれない。

携帯をベッドに放り投げると、わきに転がっているグラブが目に入る。

思わず拾い上げ、手をとおしてみた。

秋にヒジを壊してから、ずっとそこに置きっぱなしだったらしく、ほこりをかぶっている。

この前の野本監督の言葉を思い起こす。

「甲子園みたいなコンクールへおまえの力で連れていけ」

思わず「ムリムリ」とひとりごとを言ってしまった。

野球部をやめてからは、なるべく先輩たちに会わないよう、廊下を歩く際や登下校のときは気を使った。オレがわるいわけじゃないんだけど、なんとなく気詰まりだった。

厳しいけど優しかった畑田先輩は、

「おまえには一年残っている。吹部でがんばれ」と言ってたっけ。

なにより驚いたのは松原があんな風に思っていてくれたことだった。

オレは試合の後半まで「打たれろ」と心から念じていたのに。

いまさらながら、ふたりでエースの座を競っていたころが懐かしく感じられる。

乾いたグラブへオイルを塗り込んで、ていねいに磨いてみる。

そして袖《そで》机の引き出しにしまった。

オーボエを組み立てる。

ミタセンの依頼ではじめてはみたものの、この楽器は思ったより手ごわい。ダブルリードという二枚の葦《あし》を振動させて音をだすのだが、その微妙な加減でまったく音が変わってくる。材質は柔かく、ちょっとなにかに当たるとすぐ壊れてしまうほど繊細なので、調整がとてもむずかしいのだ。

グラナディラというアフリカでとれる黒くて硬い木でできている場合の多い本体もまたデリケートである。微妙な温度差でも、ひび割れてしまう。

少しでも状態がわるいと、すぐさま大失敗につながる楽器なのである。

独特な音色を持っているため、メロディーを演奏することも多いのはありがたいものの、表現のむずかしさはピカイチと言っていいだろう。

いまのところミタセンからダメ出しされていないが、まだまだ満足のいく音をだせていないことは自分が一番知っている。

パート練習にはでていないけど、ひとりでレッスンは続けていた。自宅の地下にあるスタジオで演奏できればいいんだろうけど、オヤジに見つかったらなにを言われるかわからない。

昼でリードを濡《ぬ》らし、キィに指を置いたときのこと。

「ガタン」

玄関でもの音がして、

「帰ったぞー」とオヤジの声が聞こえてきた。

あわてて楽器をベッドの下に隠す。

「誰かいないのか？」

声色からまた酔っ払っているようだ。

しかたないので降りていく。

「かあさんはまだ残業だよ」

「亭主のお帰りなのに、家にいないのか、あのヤロー。いったい何様だと思ってるんだ」

オレが高校に進学して以来、オヤジは酔ったときしか話しかけてこない。酒の力を借りてしか会話ができないのだろう。

この家に越してきたころのオヤジは威厳があった。好きな音楽に身を捧《ささ》げ、音楽で家族を養い、音楽で家を建てた自分が誇らしいようだった。

でもテレビの人気者だった坂下《さかした》弁護士が財政再建を旗印にして都知事に当選して以降、風向きは変わった。

都から関東フィルにでていた年間数億円にもおよぶ補助金は減らされ続けている。事務職員に至ってはリストラにも遭った。オヤジの給料もかなり下げられたようだ。

さらに中間管理職の立場になったオヤジは組合の役員にもならされてしまったらしい。

「あのひと、口べたなのにねえ。なんか経営側と組合員との間にはさまれて、ストレスでまいってるみたいなのよ。一番苦手なことだからね」

母親はいつもぼやいている。

「坂下都知事さまは『文化は行政が育てるものではありません』だとおっしゃる。ヒック。バカヤロー、おまえなんかに芸術がわかってたまるか」

オレが音楽の道へ進むことに疑問を持ちはじめたのはオヤジを見ていたせいでもある。

中学二年の冬に用事があって、オケの練習場を訪ねた。

都立公園の片隅に建てられた古い鉄筋の建物はおせじにも立派なものとは言えず、あちこちに雨漏りの跡すらあった。日本有数の管弦楽団でさえ、こんなみすぼらしい環境で活動しているのかとショックを受ける。

クラシック音楽という優雅な世界の裏側を知る思いだった。

音大附属の授業料は安くない。オヤジが節約のため毎月買っていた新譜のCDを買い控えるようになり、母親はパートへでるようになったというのに、どうしてオレだけのうのうと音楽をやり続けることができるだろう。それほど才能もないのに。

もっとも、

「どうして簡単にあきらめるんだ?」とオヤジに怒鳴られたとき、

「だって、音楽じゃ食えない時代でしょ」とはさすがに言い返さなかったけどね。

玄関にそのまま倒れ込んでしまったオヤジに水を飲ませて担ぎ上げる。そのまま放っておいてもいいんだけど、疲れて帰ってきた母親がかわいそうだ。

「宏敦、オレは悔しいんだ。一生懸命がんばってきたのに……。オレは悔しい」

酔っ払ったオヤジはうわごとのようにつぶやく。

プライドが高く、古い価値観を捨てきれない男なので、家に帰って妻が出迎えてくれないのが辛《つら》いのだろう。音楽の力だけで家族を支えることのできないふがいなさに、みずからの誇りを傷つけられた思いもあるに違いない。

そのうえ自慢の息子は音楽を捨ててしまった。長男が自分の生き方を否定しているように感じているのだろう。

いつも楽器の音色の絶えなかったこの家が物静かになってからひさしい。

自慢だった花壇も荒れ果てている。

世の中の流れは残酷だ。いつまでも現実と向き合うことを拒絶しようとしているオヤジ。ついこの前まで絶対的な存在としてこの家に君臨していたのに……。

オヤジの背中は小さかった。

こんな風にだけは生きたくないと心の底から思った。

翌々日の土曜日は開校記念日なので自主練習だった。スタジオを予約していて、そろそろ出かけようと思っている矢先に携帯が鳴った。

八幡太一からである。いっしょに練習したばかりなのに、一体なんなんだ。なつきすぎじゃねーのか。しかたなく電話を取る。

「はい、もしもし」

「あっ、西大寺？　あの、オレ。どうしよう。どうしよう」

いきなり泣いている。

「どうしようって、どうしたんだよ？　しっかりしろ」

「恵那が倒れたらしい」

「はっ？　誰なの、それ？」

「ほら、吹部の一年の、小柄で色が白くてクラ吹いてる」

「ああ、あの子ね」

野球部の松原に片思いしているというタチのわるい女だ。いや、松原はいいヤツだってことが判明したばかりだから、そこまでわるく言うのはやめよう。八幡が一方的に付きまとっていることも聞いている。

太一はなんかパニックになっているみたいだ。

「どうしよう？」

いきなり「どうしよう」と聞かれたってオレはアイツの保護者ではない。だいたい恵那とかいう女とだって、ほとんど話したことがないではないか。

「どうしたいの？」

「ついてきて、お願い」

やぶ蛇な質問だった。

ほどなく八幡が二百五十ＣＣのバイクでオレんちの前にやってきた。

「乗んなよ」

偉そうに後部座席を指さすので、

「おまえ、免許取ってから一年経ってんだろうな？」と聞いてみた。

「うん、ちょうど一年と一日」

「じゃあ二人乗りは初めて？」

「そう」

「怖いからやめとく」

家のなかに戻ろうとすると、八幡はバイクから駆け下り、すがりついて離れない。

「お願い、お願い、西大寺だけが頼りなんだから」

しかたなくヘルメットをかぶり、後部座席に座る。

道中は生きた心地がしなかった。

八王子市民病院へ着き、救急病棟に向かう。廊下の椅子には恵那と同じく一年でクラリネットをやっている女が腰掛けていた。名前はなんだっけ？

毛先を内側に巻いたショートボブが似合っているものの、とにかく目つきが鋭く、気の強さを前面に押し出している。こちらに気づいたみたいで立ち上がり、オレにあいさつしてきた。

「一年クラの小早川聡美《こばやかわさとみ》です」

そういやあ、そういう名前だった。とりいそぎ聞いてみる。

「病状はどう？」

「なんとか峠は越したみたいですけど、まだ意識は戻ってません」

「えっ、そんな大変だったの？」

思わず大声をだしてしまった。八幡は「倒れた」とだけしか言っていなかったので、貧血くらいのものだろうと思っていたのだ。

「はい、一度は心臓がとまったみたいなんです」

気丈なように映る小早川だが、よく見ると泣きはらしたようなあともある。

はじめてことの重大さに気づき、愕然《がくぜん》とした。

集中治療室から主治医らしき人と小柄な女性が出てきた。

小早川聡美が立ち上がってあいさつする。恵那のおかあさんのようだ。

みんなで話のできる待合室へと移動する。

このところ動悸《どうき》や息切れなどを訴えていたので、病院へ行こうと言っていた矢先のできごとだったらしい。学校もよく休んでいたようだ。

その日は就寝後、しばらくしてからいきなり呼吸困難に陥ったのだという。おかあさんはなにがなんだかわからないまま救急車を呼び、そのままＩＣＵへ入れられたとのこと。

「先生は、おそらく心臓に生まれついての欠陥があるのだろうとおっしゃってました。かわいそうに。あんなに吹奏楽部が楽しいって言っていたのに……」

おかあさんはむせび泣き、小早川がそっと肩に手を置く。

涙腺《るいせん》の極めて弱い八幡も半泣きになっている。

ひとしきり涙したおかあさんは少し気を取り直したらしく、いくぶん明るい口調で再び話しはじめた。

「えーと、三田なんとか先生でしたよね。吹奏楽部の顧問の方は」

「はい三田村先生です」

「うちの子はとにかくその先生が大好きなんですよ。優しくて、おおらかで、なにか見ているだけで元気がわいてくる方だっていつも言っているんです」

この言葉だけは誰も二の句が継げなかった。優しいって？　確かにいつも顔だけは笑っている。おおらか？　いや、ひとの話を全然聞いていないだけだ。元気がわいてくるだと。こっちはいつも元気を吸い取られている。

恵那凛はそうとう変わったヤツらしい。

「なんか話を聞いていると、亡くなったウチの主人にとても似ている方のような気がしてきて……」

彼女の亡くなったおとうさんもだいぶ変わったひとだったのだろう。

気を強く持つよう、みんなでおかあさんをはげまし、病院をあとにする。

落ち込む八幡をなぐさめるのも、ひと苦労だった。

月曜日になっても恵那の意識は戻らなかった。

面会はできるようになったので、吹部の部員が代わる代わる見舞いに行った。

八幡は学校近くの神社にバイクを隠し、練習の合間を縫って毎日のように病室へかよっていると明かした。

そんななか、ただひとり病院に足を向けようとしない人物がいた。

ミタセンである。

最初のうちは、

「うん、じゃあ、あした行くわ」

「ごめん、急用が入っちゃった」

「体調がわるくてさ」

という言葉を真に受けていたものの、これほど断られることが続くとさすがにおかしい。

そのうちに八幡が毎日オレの教室へとやってくるようになった。

「なあ、頼むよ、ミタセンを恵那のお見舞いに連れてきてよ」

「だからなんでオレにいちいち言ってくるんだよ。関係ないだろ」

「だって西大寺くんだけが頼りなんだもん」

いつの間にか「くん」づけになっている。こんなヤツに付きまとわれても、うれしくもなんともない。

昼休みに八幡を連れて、鏑木沙耶の教室へ行ってみた。

「どうなってんだよ、ミタセン。まったく行く気がないわけ？」とオレが尋ね、

「恵那と仲のいい小早川が頼んでも、『用事があるものはしょうがない』って聞く耳を持たなかったらしい。あいつ激怒してたぞ」と八幡が報告する。

「ホントかよ。なんでお見舞いに行きたくないんだろう？　恵那のことが嫌いってわけじゃないだろ？」

「じつはね、きのうの夜なんだけど、ミタセンがようやく本音を漏らしたのよ」と鏑木は耳寄りな情報をもたらす。

「えっ、なんて？」

二人、同時に問いかけた。

「病院が嫌いなんだって」

「……」

「怖いって言ってた。病院へ行くのが……」

しばらく三人は黙り込む。

「なんだよ、それ」

オレはあきれ果てた。

「恵那のおかあさんにミタセンを連れていくって約束しちゃったよ」

八幡が頭を抱えながらうめく。

「むずかしいと思うよ、精神年齢の低いひとだから」

鏑木が言い放つと、残り二人は同時にうなずく。

八幡がまたしても半泣きになった。

「オレ、なんとかしてやりたいんだよ。恵那はミタセンのことが好きみたいだし、あんなミタセンだけど、声を聞いたら少しは元気になってくれるかと思って。できることはなんでもしたいんだ」

意識の戻らない恵那のため、なにかをしてあげたいと思う気持ちはこちらとて同じだ。

「ミタセンをどう説得しよう？」

「ガンコなひとだからな」

「真帆のトランペット事件だけは急に態度を変えたんだけど、あのときだけだもんね。なにを言ったら心が動くのかしら？」

「やっぱ、コンクールのことじゃねえ？　全国に行くことしか頭のなかにないひとだから」

「恵那のお見舞いに行ったら、みんなが発憤して全日本をめざすようになるって説得するしかねえよな」

その日の放課後、三人はいちもくさんに音楽準備室へ飛び込んだ。

言葉巧みにミタセンを誘う。

「つまり、恵那さんはみんなから好かれていたので、先生がお見舞いに行くと部員の士気が上がるというわけなんです」

「そうなのかなぁ。そういうの、よくわかんないんだけど」

ミタセンにとってはみんなの気持ちなんかどうでもいいので、こちらの理屈を本当に理解できていないようだった。

ただ自分が病院に行けば、一同の団結が深まるらしいということを、疑っているわけではないみたいである。

ミタセンは天井を見つめた。

病院に行きたくない気持ちと全日本吹奏楽コンクールへでたいという願望とを天秤《てんびん》にかけている。

じつにわかりやすい男だ。

「じゃあ、まあ、ちょっとだけだったら、ほんのちょっとだけだからね」

言うやいなや三人でミタセンの両腕を取り、駐車場へと連行した。

ミタセンをベンツの運転席に放り込み、助手席にはナビの八幡太一が、オレと鏑木沙耶は後部座席に乗り込む。

「やっぱり行かなきゃダメ？」

この期《ご》に及んで抵抗するも、

「はい」と三人で声を合わせる。

市民病院へ近づくにつれ、ミタセンは無口になっていった。そして到着。しかし車からでようとしない。

「やっぱヤダ」

「なに言ってるんですか、ここまで来て。恵那のおかあさんも待ってんだからよ」

オレは運転席のドアを開け、ミタセンを引っ張り出す。

「べつに三田村先生が診てもらうわけじゃないでしょ。大丈夫ですよ」と鏑木が声をかけるも、

「でも病院は病院でしょ。ボクの心が悲鳴を上げるんだよね」

言葉にも力がない。

「ふだん病気になったらどうしてるんすか？」八幡が尋ねると、

「子どものときからウチに来てもらってる。レントゲン車ごと呼んだこともある。盲腸の手術も自宅でやった」とかろうじて答える。

この男、いったいどんな家庭に育ったのだろう？

玄関に入るとミタセンは尋常《じんじょう》じゃないほど発汗しはじめた。顔も真っ赤になっている。

頭を左右に振り、まるで夢遊病者だ。両腕を支えるオレと八幡の誘導する力のみでかろうじて前に進んでいる。

病室の前で恵那のおかあさんが待っていた。

「三田村先生です」

役目を果たした八幡は肩の荷を下ろしたかのように紹介すると、ミタセンはペコリと頭を下げる。

ミタセンはこういう場合のみ、ギリギリの社会性を持ち合せているので、なんとか教師としてやっていっているのだろう。

「お世話になっております。凛の母です。こちらへどうぞ」

病室のなかへ案内しようとするのだが、この時点ですでにミタセンは呼吸が苦しくなっているらしく、金魚のように口をパクパクさせている。

恵那はいつもどおり静かに横たわっていた。もちろん意識はない。

顔色はいいのだが、点滴だけなので少し痩《や》せてしまっている。

と、そのときだった。

ふらふらと病室のなかに入っていったミタセンは、極度の緊張のあまり、

「目を覚ませ、えなー」

とつぶやきながら、そのまま恵那凛の横たわるベッドの上に倒れ込んでしまった。

気絶してしまったのだ。

「キャー」

看護師さんが絶叫する。

「なにすんだよ、バカヤロー」

八幡が首根っこをひっつかみ、渾身《こんしん》の力でミタセンを引きはがす。

オレもあわててそのからだを支える。

「あっ」

鏑木沙耶が小さな声で叫んだ。

「凛」

おかあさんも続く。

振り返ると、

「う、うーん」

恵那凛が首を振りはじめた。

全員が硬直してときがとまる。

「うーん、先生ですか？　あれ、どこなの？　ここ」

七

音楽準備室のホワイトボードに一週間の練習メニューを書き込んでいるときのことだった。

背後からミタセンが声をかけてくる。

「そー言えばさ。鏑木さんってわりと珍しい名字だよね。どこ出身なの？」

音楽に関係のない話を振ってくるのは初めてだ。

「さあ、ウチは親戚《しんせき》付き合いとかあんまりしてないし、おばあちゃんもおじいちゃんもはやくに亡くなっているので、あんまりよくわかんないんですけれども、東京だと思います」

「鏑木純一郎《じゅんいちろう》っていうひと知ってる？」

その瞬間、マーカーを下に落としてしまった。

知っているといえば知っているし、まったく知らないといえば知らないともいえる。

「お知り合いなんですか？」

声が震えていた。

「うん、仲が良かったんだ。けど心当たりないなら関係ないんだね」

ミタセンは話を打ち切ろうとした。どうしてもその先が聞きたい。思わず言ってしまった。

「親戚で鏑木純一郎っていうひとがいるんですけどね。偶然ですかね」

わたしは血相《けっそう》を変えていただろう。でも相手が鈍感なミタセンで良かったのかもしれない。尋常ならざるわたしの様子などお構いなしに話を続ける。

「えー、そうなの？　同じひとなのかな。ボクもしばらく会ってないんだ。十四、五年前は口ひげをはやして、肩くらいまで髪の毛があって、ちょっと痩せた感じのひとだったんだけど」

めまいがした。幼少のころのわたしを抱いているあの男の姿を言いあらわしている。

動揺を隠しつつ、聞いてみた。

「その方はどんなひとなんですか？　お仕事とか、なにをやっておられたのかな？」

「うーん、彼の仕事をひとことで表現するのはむずかしいな」

待ちきれぬ思いで次の言葉に身を焦《こ》がす。

「基本的には絵描きなんだよね、画家。油彩もやってたけど、パステルが多かったな。

でも絵を描くことだけに収まらなくってね」

　そこへ藤崎省吾をはじめとする一年男子三人組が入ってきた。

「先生、今月の一年の部費を持ってきました」

「おお、ありがとう。ちょうどよかった、ここに座って。まず課題曲からね。ファゴットは九十四小節目の十六分休符が、八分休符になってる。合奏までに直しておくように。それからユーフォは自由曲の四百二十八からのとこ、フォルテッシモはもっとしっかり響かせる。オブリガートのとこだよ。いいね。それから……」

　藤崎省吾は一年の会計を担当している。本来ならひとりで来ればいいものを、なぜかセットでやってくるもんだから、ミタセンの指導は三人分に及ぶ。

　ふだんならほほえましく眺めるところなのだろうけど、今日ばかりは重大な話のなかに割って入られたため、

「いつもいつもそろって行動すんじゃねえよ、この金魚のフンどもめが。とっとと帰りやがれ」と心のなかで毒づいてしまう。

　ホワイトボードに必要事項を書き終えてしまったので、ミタセンの机のまわりのそうじをはじめてみた。

　藤崎省吾を含む一年男子三人組はようやく帰っていく。

ミタセンは先ほどの会話などすっかり忘れてスコアを読みはじめたので、ぞうきん掛けする振りをしながら、強引に話を戻してみた。

「で、その鏑木さんっていう知り合いの方は、ほかにどんなことをやってらしたんですか？」

「お、そうそう、そんな話してたっけな。あのひとは突然、焼き物の世界に入っちゃったんだ。日本の美を極めるとか言い出したりしてたな」

やっぱり。

「もしかして伊万里焼とか？」

「なんだったかな。でも九州の方だったと思うよ」

なんだか息苦しくなってきた。

「ほかには？」

「変わったとこでは戦場なんかも行ってたな、イラクとアフガン」

「もしかしてカメラマンとかになっちゃったりして」

「あのひとはニコン一筋だったよ。ボクのライカには見向きもしなかった。作品はピュリッツァー賞を取り損ねたけど、その年の世界報道写真展には選ばれたんだよ。あっ、そういやぁ、考古学にはまってエジプトだかなんだかへも行ったんだっけな」

もう泣きそうだ。

「船なんかは？」

「そうそう、とにかく海が好きなひとでね。底引き網とかマグロ船とかいろいろ乗ってたな。いまじゃあ日本人の船員なんか、ほとんどいないだろうけどね」

小刻みに震えていたわたしに最後の一撃が加えられた。

「いやー、なんでこんな話をしたかっていうとさ、きのうメールが来たんだよ。五年振りくらいかな。どうやってアドレス調べたんだろうね。いまはノルウェーに住んでるんだって」

ミタセンは居場所を知っている。

卒倒しそうになった。もうダメだ、とめられない。

「そのひと、わたしの父です、まちがいありません」

その日は練習しながらいろいろ考えた。

胸の高鳴りをおさえられなかった。

今までおとうさんのことをおかあさんに尋ねるたびに、違った答えが返ってきていた。

大きくなるにつれ、これは暗に聞いてくるなというシグナルだと理解した。

これ以上、深く追及すると、おかあさんとのいい関係が崩れてしまうような予感もあった。

でも今日のミタセンの話を聞いてやっとわかった。おかあさんはすべて本当のことを言っていたのだ。わたしの取り越し苦労だったのだ。

おかあさんはわたしが吹部の話をするといつも大笑いしながら聞いてくれる。ミタセンのせいでいつも翻弄《ほんろう》されてるわたしだったけど、おかあさんに話すといくらか楽になる。

「その先生、本当にすごいひとなのね」

わたしが愚痴ばかり言っているのにミタセンへの評価はとても高い。

今日の話をしたらどんな言葉をかけてくれるのだろう。

家に帰ると、おかあさんは夜食を作ってくれていた。

食卓に着くやさっそく口を開く。

「おかあさん、あのね、ビックリするような話があるの」

「へー、なんなの、じらさずに教えてちょうだいよ」

「ミタセンがね、おとうさんとお友だちなんだって」

「そうなんだ。先生は同じくらいの年なのかしら？」

「先生が学生のときに参加していた芸術団体に出入りする先輩だったんだって」

「そーなの。まあ、あのひとはいろんなところに顔をだしてたからね」

「おとうさんが戦争に行ってたっていうのも、焼き物をしてたのもホントだったんだね」

「あなた、いままでウソだと思ってたの？　そんなわけないじゃないの。変わったひとなのよ。わるいひとじゃないんだけどね」

「それでね、ビッグニュースがあるの。おとうさんはいま、ノルウェーにいるんだって」

さすがにおかあさんは驚いていた。なんとなく顔がひきつっているようにも感じたけど、興奮しきっているわたしはそのまま続けた。

「それでね、今度おとうさんが帰国したときに会わせてくれるって……」

そこまで言って言葉を切る。おかあさんは無表情だった。

なにかまずいことを言ってしまったかしらと思ったときのこと。

「で、あなたはおとうさんと会うの？」

いままで聞いたこともないような怖い口調だった。

「おとうさんに会いたいのね？」

とても冷たく、背中にベットリと張りつくような声色で尋ねられる。

うなずくことも否定することもできずに固まってしまった。

そりゃあ、ほとんど覚えていない父親がどんなひとだか知りたいのは当然だ。

でもおかあさんの様子がおかしい。

その瞬間だった。

「あなたはわたしのこれまでの人生を否定するつもりなの？」

いままで一度だって声を荒げたことのないおかあさんが、むき出しの女の表情で叫んだ。

おかあさんを怒らせてしまったこと、傷つけてしまったことにようやく気づく。

わたしたちは仲良しだったのに。

なんてことを言ってしまったのだろう。

「違うの、おかあさん、違うのよ、全部ミタセンが勝手に言っていることなの、わたしが会いたいわけじゃないのよ。もちろん会わないわ。会いたくもない。自分勝手にわたしたちを放り出して放浪しているひとなんかに誰が会いたいもんですか。だからミタセンは頭がおかしいって言ったでしょ。頭のおかしいどうしが友だちなのよ。きっと。大丈夫よ、会ったりなんか絶対にしないから……」

そのあと、おかあさんとなにを話し、どうやって自分の部屋に戻ったのか、お風呂に入ったのかどうかも覚えていない。

しばらく頭のなかが真っ白になっていたのだろう。

やっぱりミタセンは災厄《さいやく》しかもたらさない。ロクでもない男だ。かかわれば、かかわるだけ損をする。これ以上深入りしないよう気をつけよう。

心の底からミタセンを呪った。

七月に入りいよいよコンクールまで一ヵ月をあますところとなった。

課題曲、自由曲の仕上げも急ピッチに進む。

ミタセンが全日本と呼んでいるコンクールの正式名称は全日本吹奏楽コンクールというもので、中学、高校、大学、職場・一般の四部門に分かれている。一九四〇年から行われている伝統と栄誉のある大会だ。

東京都にある高校の場合、二段階の関門をくぐりぬけなくてはならない。まず八月に行われる東京都高等学校吹奏楽コンクール（通称＝予選）のA組に出場し、審査員の評価により東京都吹奏楽コンクール（通称＝都大会）への出場権を獲得。さらにそこで残ったらようやく全国大会に進めることとなる。東京都の場合、二もしくは三校しか出場できない。極めて狭き門なのである。

全日本吹奏楽コンクール高校の部のチケットは、入手することがほとんど不可能とも言われるほどの人気を誇る。つまり当日は、五千人を超す聴衆の前で演奏するという栄誉を担うことになるのである。さらに実況録音のCDやDVDなども、インディーズではなくメジャーレーベルで発売される。高校生にしてプロの演奏家に近いような扱いを受けるのである。

われらが浅川高校もまずは予選にエントリーした。都大会に進むためには、A組にノミネートされた七十五校のなかで、十二番以内に入らなくてはならない。われわれの演奏は八月十四日前半の部、四組目で演奏開始は十時四十五分と決まった。

ところがこのころより吹部には風雲急《ふううんきゅう》を告げる事態が続発するようになる。

ミタセンの求めるレベルは一段と高くなり、合奏でのダメ出しは以前にも増して容赦《ようしゃ》がなくなった。曲をやりはじめてもすぐに大きなジェスチャーで中断し、次から次へと指示が飛ぶ。

「ダメダメ、まったく空気感ないよ。はじまった瞬間に世界が変わらなくちゃ」

「その音ひとつで相手の胸ぐらをつかんで放さないようなインパクトちょうだい」

コンクールの制限時間は十二分。その間に課題曲と自由曲を収めることになっている。しかしいつまで経っても曲のはじめのところでとまってしまい、なかなか前に進まない。

部員は誰しも疲労困憊《こんぱい》だった。

ただでさえ夏バテするこの時期に、早朝から夜遅くまでの練習はかなりこたえてくる。金管のくちびるは腫《は》れ上がり、木管はリードを血で染める。腕がつりはじめるひとや、腰痛で通院する生徒、肩こりで不眠症になる部員も出はじめる。

部内には不穏な空気が漂うようになってきた。

わたし自身も三年生が話をしているのを偶然耳にしたことがある。

「だいたいさ、コンクール、コンクールって言ってっけど、都大会だってそんなに簡単に行けるもんじゃないよ」

「常識で考えたってムリっしょ。強豪校っつーのは百人以上の部員がいて、そのなかのよりすぐりなんだから」

「あーあ、せっかくこれから夏休みだっつーのに、吹部一色なわけ？　青春返せって感じ」

「つーか、こんな部になるって聞いてなかったよ。去年までは文化祭と体育祭の演奏だけだったじゃん」

「もー疲れた。わたし限界かも。今日の練習、フケちゃおうか？　就活あるとか言っときゃいいじゃん」

不信という名の木の実はあっという間に大きくなっていく。

実際、部員たちの熱意にはかなりの温度差があった。

そこへ混乱に拍車をかけるできごとが頻発《ひんぱつ》する。こちらの方はミタセンが原因だった。

曲を仕上げていく段階で、どうしても木管の遅れが目立つようになってきた。すると合奏でも木管を集中攻撃するようになる。

「メロディーの受け渡しがぜんぜんできていない。違うでしょ。コップに水が満タンに入ってて、それをフルートさんがクラリネットさんに渡すわけ。そんな渡し方じゃ水がこぼれるよ。もっと優しく柔らかく一滴もこぼさないように。あー、違う」

耳の不調に苦しむベートーベンのように髪の毛をかきむしる。

「ダメダメダメダメ。もっと聴く」

挙げ句の果てには指揮棒を折ったり、譜面台を蹴飛《けと》ばすこともあった。

第二音楽室は重苦しい雰囲気に包まれるようになった。以前のような明るい会話や笑い声は聞こえない。

自然と金管を中心とする「コンクール至上主義派」と木管のメンバーが主である「部活はのんびりやろう派」に分裂しはじめる。

パートリーダー会議でも色分けがはっきりしてきた。金管は少しでもコンクール曲をよりよく仕上げようとさまざまな提案をするのだが、木管はことごとく却下する。

話し合い自体が成り立たないような状態になっていた。

吹部二年仲良し四人組の仲間はとても心配してくれていて、昼休みになるとわたしと渚の教室に集まってくる。

フルートの副島奏は危機感を募らせていた。

「ヤバいって。木管はもうバラバラやで。二年のフルートはウチ以外、全員やってられへんって言うてるし、パーリーの奥谷先輩もぐらついてるみたいやねん。一年クラの小早川さんは反ミタセンの急先鋒《きゅうせんぽう》やろ」

恵那凛の親友である小早川聡美は、ミタセンがなかなかお見舞いに行かなかったことを、根に持っているようだ。

「ウチのまわりはこんなんやけど、サックスはどうなん？」

副島奏が大磯渚に話を振ると、

「あの、えと、木管でもサックスはおっとりしたひとが多いから、中立派が多いかな。でも、どうしてもコンクールにでたいと思っている情熱的なひとは少ないかもね」

と報告してくれる。清水真帆は金管高音の様子を手短に伝えてくれた。

「トランペットはとにかく八幡が張り切ってるから死ぬ気でコンクールをめざそうっていう雰囲気になってきてるわ。トロンボーンも長渕先輩がしっかりまとめてるから大丈夫」

恵那凛が長期入院でリタイアしたため、当然退部するだろうと思っていた八幡太一だが、予想に反し、高価なトランペットまで購入してがんばっている。なぜか少し痩《や》せてきたのが気になるけど、これはうれしい誤算だった。

チューバやユーフォニアムといった金管低音の仲間は、わたしのことを慕ってくれているみたいなので、空中分解することはないだろう。

前部長の長渕詩織先輩は陰ながら応援してくれた。

「沙耶ちんはよくやってるわ。あなたがわるいわけじゃないから心配しないで。みんな信じられないのよ。いままでコンクールすらでたことなかったから、いきなり全国へ行こうって言われても、たぶん実感がわかないのよね。わたし自身はたとえムリでも一生懸命やることに意義があると思うんだけど、みんなは多くの時間を犠牲にしてまで吹部にすべての情熱を傾けることに、踏ん切りがつかないんじゃないかな。わたしもなるべく説得してみる」

木管を仕切る奥谷遙先輩とは何度も話し合った。でも、

「ごめん。わたし、もうこれ以上みんなをまとめていく自信がないの。なにをやるために吹部へ入ったのかもわからなくなってきた。みんなの文句を聞いてたら頭がおかしくなりそう」

と首を振るばかり。ミタセンには仕上がり不足を指摘され、パートの仲間からは不満をぶつけられてまいっているようだった。

ミタセンにも相談に乗ってもらおうと思ったが、こちらの方は聞く耳を持たなかった。

「そーゆー、人間関係のどーのこーのとかは鏑木さんに任してるからさ。ボクはいまのところ音楽のことでいっぱいいっぱいなの。ほかのこと考える余裕なんかありません」

実際、ミタセンは考えごとをしている時間が多くなった。ひとりで指先を振りながら、あーでもない、こーでもないと自問自答している。

音楽のことのみを考えているのは確かなんだろうけど……。

微妙な均衡のもとで成り立っていた吹部だったが、あと一週間で夏休みに入るという日の合奏でついに事件が勃発《ぼっぱつ》する。

「そこのピアニッシモ。全然聴こえないよ。聴かせどころなんだからしっかり。はいもう一回」

ミタセンがいつものように木管をとめたときのこと。

「できません」

いきなり奥谷遙先輩が立ち上がった。

「どうしてなんだ？」

「フルートはできません。みんなの総意です」

奥谷先輩は震えながら伝えた。

ミタセンは憮然《ぶぜん》として、

「じゃあいいよ、クラ、やって」と指示を変える。すると、

「できません」

一年クラの小早川聡美がショートボブを揺らしながらすっと立ち上がる。

おだやかで明るい恵那凛がいたときは目立たなかったのだが、とめてくれる友人がいなくなって暴走気質が露呈《ろてい》してしまったようだ。

この発言がキッカケとなり、第二音楽室は私語が乱れ飛ぶような状態になってしまった。

「なんでそこまで命令されなきゃなんないわけ。こんな練習、なんになるのかわかんない」

「つーかさ、音楽って音を楽しむって書くわけでしょ。楽しくないじゃん」

あちこちから抑えつけられていた不平不満が噴出。

「フルートのひとも、クラのひとも、そりゃ先生の求めることはむずかしいことだし、そんなに簡単にできることじゃないけど、なんとかやってみようよ。少しでも近づけるようにがんばろうよ」

優柔不断《ゆうじゅうふだん》で常にどっちつかずなはずの八幡が間をとりなそうとする。

「先生、いったん休憩にしましょう」

わたしは流れを断ち切ろうと提案した。

そこへ西大寺が火に油を注ぐような発言を投じてしまう。

「つーかさ、どいつもこいつもヘタなんだから練習しなきゃしょうがないでしょ。なにくだらねえこと言ってんの？　少なくとも先生の指摘は音楽的にすべて正しいわけ。正しいこと言われて文句言うのっておかしくねぇ？」

運動部出身の単細胞らしい発言に頭を抱える。吹部は女の子が多いから、もっと複雑でデリケートな運営が必要なのに、なんにもわかってない。

中立派だったはずの加藤蘭先輩が、西大寺に向かって思いっきりメンチを切りながら、

「ヘタ、ヘタってみんなは一生懸命やってんだよ。それを上から目線でヘタとか言うなよな、ろくに練習にも来ねえくせに」とすごむと、

「なに言ってんだよ。自分の音を録音して聴いてからモノを言え」

西大寺は冷たく言い返す。

「み、みんな、ぜ、全日本に行きたくないのか？」

茫然《ぼうぜん》自失状態だったミタセンが、しぼり出すようにうめくと、

「全日本、全日本って言ってっけど、ウチら去年までコンクールにすらでたことないじゃん」

「もし、でられなかったら、こんなにバカげた時間をつかったってムダってことになるんじゃないですか」

「そもそも全日本にでてなんか得することとかあるわけ？」

またしても第二音楽室は大混乱に。

一年生であることなどおかまいなく、小早川聡美が再び生意気に、

「なんかでれるっていう保証とかあるわけなの。どうしてなんの根拠もないのに全国でれるって言うんですか？」と発言すると、

「あーあ、ヘタくそなうえに努力するのもイヤだときた。やならやめりゃあいいんだよ」

と熱血体育会の西大寺が混乱に拍車をかける。

さきほどの発言で頭に血が上っていた加藤蘭先輩は、

「ああやめてやるよ、おまえなんかといっしょにやれっかよ。こっちだって集会行きてえのを我慢して来てやってんだよ。ひとりでがんばってちょうだい、天才少年さん。あ、違った、元天才少年さん」と叫んで立ち上がる。

だいたい、なんの集会を我慢しているのだか怖くて誰も聞けない。

この発言が引き金になった。

「わたしもムリ」

「ごめんなさい」

木管を中心にどんどんひとが抜けていく。

「ああ、待ってくれ」

ミタセンは、ぶざまに震えながら弱々しくみんなを引き留めようとするものの、まったく求心力を失っている。

そのままひとりごとをつぶやきながら、音楽準備室に逃げ込んでしまった。

しかたなくわたしは部員たちに告げる。

「えーと、今日の合奏は中止します。とりあえずかたづけが終わったら、ただちに下校すること。またあしたからね」

みんなが帰ってから音楽準備室をのぞく。

なにを話しかけても言葉は返ってこない。

ミタセンは、

「あともうちょっと、もう少しなんだ。もうちょっとのとこまで来てるんだ。いまが一番大事なときなのに……」

いつまでもひとりごとをつぶやき続けていた。

次の日の授業はまったく耳に入らなかった。

時間だけがいたずらに過ぎていく。

昼休みには心配した清水真帆と副島奏がわたしと大磯渚のクラスへ来てくれた。放課後になったら三人ともそれぞれのパートの情報を集めるために奔走してくれるという。

「こんなことなら最初から四人だけで吹部をやってりゃよかったね。ケンカもめごともなかったろうしさ」

わたしが自嘲《じちょう》気味に言うと、

「そんなことないよ。やっぱいっぱいいた方が楽しいじゃん。わたしは沙耶ちゃんが家に来て引き留めてくれたことに感謝しているし、同じように思っている子も多いと思うよ」

清水真帆はにっこりとほほえんだ。

放課後の来るのが怖かった。

おそるおそる音楽準備室をのぞくも、ミタセンの姿はない。副島奏が「ミタセン病欠」という情報を野々っちから仕入れていたのでわかっていたが、やはり来ていないのだ。

しばらく待っていたけど誰ひとり姿を見せる気配もない。

吹部では放課後になると、まず個人で空いている教室に入って練習をするのだが、その前に各自、一度は音楽準備室に来て自分の名札を裏返し、出席を知らせることになっている。

つまり本日の吹部の練習は参加者がゼロということだ。

わかってはいたけどリーダーとしての人望のなさはほとほと情けない。

そういえば四月の始業式のあともひとりぼっちだった。

八幡がボウリングをしていて、あとかたづけをしてからボーッと椅子に座っていたっけ。

あのときミタセンが入ってこなかったら、こんな惨《みじ》めな気持ちにはならなかったんだろうな。

あれから四ヵ月。わたしはなにをやっていたんだろう。

よろよろと立ち上がり、倉庫からドンちゃんを取り出す。

「ボー、ボー」

もう一度、コンクール曲をおさらいしてみる。

でも、なんとなく物足りなくなってきた。チューバだけだと、ほかのひとが聞いたら、いったいなんの曲を吹いているのかわからないだろう。

ミタセンにチューバ転向を命じられたときは本当にイヤだったけど、フリーのチューバ吹きである辰吉さんといっしょに練習をはじめてからは、その低音に魅せられ続けてきた。これまで一度もフルートに戻りたいと思ったことはない。低音でみんなを支える魅力、横隔膜を揺さぶる深い音色のとりこになった。

でも今日は少しだけ考えてしまう。

こんなとき、フルートやクラリネット、トランペットだったら、悲しい思いの丈《たけ》をメロディーに乗せて奏でることができるのに……。

手で涙をぬぐう。

そして一生懸命そんな考えを打ち消した。

いや、そんなことはない。チューバにだって魅力的なソロ曲はあるはず。わたしが知らないだけ。練習していないだけだ。

ごめんね、ドンちゃん。変なことを思ったりして。

絶対にチューバを嫌いにならないぞ。

涙が落ちる。

もう一度思いっきり音をだす。

わたしはチューバ吹き。この楽器を操ることに誇りを持っている。

でも、みんながいてこそのチューバ。ひとりではなかなか輝けない。弾丸のように走るクラを、するすると滑るフルートを、炸裂《さくれつ》するトランペットを、底の底から支えたい……。

八

やはり吹部はアホの巣窟《そうくつ》だった。
最初っからわかってはいたものの、これほどだったとは。
「フルートはできません」だと。
甘ったれているにもほどがある。
だいたい野球部でノックを受けてて、
「今のボールは遠すぎて取れません」
なんて言ったらどういうことになるだろう。半殺しだよ、半殺し。
「練習したら全日本に行けるんですか」だって？
じゃあ一生努力をするな、バカどもめが。
とにかく四ヵ月間をムダにしてしまった。心からオレの時間を返してくれと叫びたい。
今日は一刻もはやく家に帰りたいと思っていたので、ホームルームが長引いたのも腹立たしい。教室をでるとまっすぐ下駄箱に向かった。

校門の方へ歩いていると、第二音楽室からなにやら低音が聞こえてくる。

まだ懲《こ》りずに楽器を吹いているアホがいるのか。

すぐに鏑木沙耶のチューバだとわかる。

悲しそうな音だった。

チューバが泣いている。思わず五階を見上げてしまった。

ふと横を見ると銀縁のメガネをかけた女も同じように第二音楽室を見つめている。三年でトロンボーンのパートリーダーをやっている長渕詩織だ。いや、詩織先輩だ。彼女だけはまともな音をだすので一応敬意を払っているつもり。

軽く頭を下げると向こうも気まずそうに会釈《えしやく》する。そしてそそくさと自転車にまたがり帰っていく。その横顔はさびしそうだった。

家に着いたら、そのままベッドへ倒れ込む。

なんかからだの力がでない。床にはミタセンから借りたままになっているオーボエケースが横たわっている。

正直、オーボエというじゃじゃ馬の持つ魅力にとりつかれていた。寝ても覚めても自由曲のなかにあるソロの部分のことが頭から離れなかった。

そしてなんとなく自分の表現したい音のイメージが固まりつつあった。

ただし実際の演奏で出てくる音は、まだまだそれとはほど遠いところにある。楽器を自分のものとしていないのだ。主人の言うことなどどこ吹く風。毎日吹いてみないと音がわからない。不思議な楽器だった。

やってやろうじゃないの、と思っていた矢先だった。

それだけに昨晩より腹が立ってしかたない。

「どうしてあいつらは戦わないんだ」

「どうして吹部のバカどもは、やってもいないのにあきらめるんだ」と。

ふとガラス戸棚に飾られているトロフィー群が目に入る。昔取った杵柄《きねづか》とでも言うのだろうか。どのコンクールもいろんな思い出とともにある。

中学に入ってからのものは一位のものが少なくなってきたため、小振りなものばかりだ。こちらの方もまた苦い記憶とセットになっている。

思い直してみた。

昨晩から「どうして逃げ出すんだ」という憤りを抱いていたけど、よくよく考えてみると、中学時代の自分もそうだったような気がする。

「どうしてこんなに伸びているのにこれまでの努力を放棄するんだ」と怒り心頭だっ

たけど、ひとはなかなか自分自身を客観的に位置づけることができないものだ。

目標に向かってコツコツやる。口で言うほど簡単なことではない。

誰だって成果がでなかったときのことは心配になる。

そもそも今回の騒動はオレが「イヤならやめればいい」と言ってしまったことが、引き金になっている。

あのとき、「みんなはとっても伸びてる。信じられないほど伸びている。自分を信じる力が足りないだけなんだ。ミタセンの指導は間違っていない。信じてついていけば大丈夫だ」と言ってやれば良かったのかもしれない。

さっき聞こえてきた鏑木沙耶のチューバの音がよみがえってきた。

あいつのチューバは泣いていた。

あんなに悲しみに満ちた音をだすことができるようになったんだ。四ヵ月弱でよくここまで上達したもんだ。部長職をこなす一方、誰も見ていないところでよほどしっかり練習をしていたのだろう。

せめてチューバだけじゃなくてユーフォとかクラとかと合わせていたなら、あんなに悲しく響かなかったかもしれない。ほかの楽器を呼んでいるような音色だった。低音楽器は声高に自己主張しないがゆえに、かえって力強くひとを揺さぶる魔力がある。

もしかしたら今日のあいつのチューバにオレのオーボエは負けているかもしれない。正直にそう思った。

やめやめ。ほかのことを考えよう。

そう思い直しても、しばらくすると鏑木沙耶のチューバの音が耳のなかでこだまする。

「にいちゃん、晩ご飯どうする？　おかあさんは今日も少し遅くなるんだって」

弟の武浩が部屋に入ってきた。幸いヤツの方は音楽的才能に恵まれていなかったようで、オレのようなねじけた人間にはならずにすんでいる。いまは中学校でバスケットボールに夢中だ。

時計を見ると、もう七時前になっている。

「ごめん。わるいけどひとりで食っといて。オレちょっと出かけてくるわ」

かわいい弟にそう言うと制服のまま外へ飛び出した。

家をでてバス通りを横断し、低層のマンション街に入るとすぐ鏑木沙耶の家が目に入った。しばらく近くをぶらぶらしていると、とぼとぼと歩いてくる姿が目にとまる。

オレのことを認めると、敵意をむき出しにした目でにらみつけてきた。

「ちょっとだけ話がある。そこまで来てくれ」

鏑木沙耶の家から百メートルほど南大沢《みなみおおさわ》駅に向かって歩くと小さな公園がある。昔、よくここでいっしょに遊んだものだった。ふたりで来るのは十年振りくらいだろうか。

ベンチに腰掛ける。

「話ってなんなの？」

鏑木沙耶の表情は硬かった。おまえになんか負けないぞ、という反発心にあふれていた。

なにを話すかまったく決めていなかったけど、そんな気の強そうな顔を見ると、自然に次の言葉が出てきた。

「吹部をかき乱して申しわけない。ゴメン」

沙耶はビックリしていったんこちらを振り向き、顔を戻すとうつむいた。肩が震えはじめる。

オレからボロカスに非難されるとでも思っていたのだろう。

「あしたからは放課後一番に音準へ行って、個人練習をする。パー練にもちゃんと参加する。だから許してくれ」

しばらく沈黙が続く。

「わたし、わたし、みっともないでしょ。バカみたいだよね。ひとりで出しゃばって……」

静かに泣きはじめた。

「ひとりで張り切って、最後はひとりぼっち。西大寺に『おせっかい女』って言われたけど、ホント、そうだと思う。バカみたい。こんな自分が大嫌い。消えてなくなりたい」

ポロポロと涙を地面に落とす。

「そんなことねーよ。おまえは一生懸命やっていた。それは誰も否定しないと思う」

「わたし、ひとの上に立てる人間なんかじゃない。命令されることだけやってる方がずっと楽だし、それしかできないの。最初からムリだったのよ。わたしだって好きでやってるわけじゃない」

思い出した。

確かに幼少のころの鏑木沙耶はなにひとつ自己主張しない子どもだった。いつも控えめで怖がりで、オレのうしろにひっついていた。そーだ、そうだった。

下から見上げるような視線で弱々しく笑っている。そんな女の子だったはず。

高校に入ってからだって、地味で目立たないヤツだったと思う。

いきなりミタセンに部長を押しつけられ、こいつなりに精一杯重圧と戦い続けてきたんだろう。

「大丈夫だ、みんな戻ってくる。いやオレが戻す」

こう言うと、泣き濡《ぬ》らした顔でオレの方を見上げる。

「戻ってきてくれるかな？」

その顔を見てドキッとした。

あれ、沙耶ってこんなにかわいかったっけ？

いまのいままで気づかなかった。ガキだガキだと思っていたんだけど、いつの間にか、からだも表情も女っぽくなっているではないか。

思わずドギマギしてこっちの方が顔を伏せ、

「オレも頭を下げる。先輩にはちゃんと謝る。だからおまえもこれ以上、下を向くな。堂々と前を向いてろ」

こう言うと、

「ありがと。西大寺、ありがとね」

子どもみたいに両手の甲で涙を拭《ふ》きながらうなずいている。

なんとなくその細い肩を抱きしめたいような気持ちにさえなっていた。

翌日の放課後になるや、オレと鏑木沙耶、それにヤツと仲のいいフルートの副島奏、アルトサックスの大磯渚、トランペットの清水真帆の五人で音楽準備室へ向かった。

扉を開けるとすでに長渕詩織先輩がいて、トロンボーンの内管の先端にクリームを塗っていた。

「きのうはゴメンね。三年をまわって説得してたから来れなかったんだ。もう大丈夫、あしたから全員参加すると思う。奥谷も戻るってよ。なんとか木管を立て直すって言ってた」

「ありがとうございます。ありがとうございます」

鏑木沙耶は先輩に駆け寄ると手を握り、またしても泣き出した。ほかの三人も寄り添って沙耶の肩を叩《たた》いている。

「長渕先輩、オレは下級生でありながら加藤先輩に偉そうな口を利《き》いてしまいました。謝るつもりです」

「蘭とは今朝まで徹夜で話してたのよ。許してあげてね、蘭のことも。あの子も家のごたごたとかあったみたいだから。でも大丈夫、ちゃんと吹っ切れてるから」

「なら良かったっす」

パーカッションの連中が入ってきた。鍵盤《けんばん》打楽器をやっている一年の北川真紀が話しかけてくる。

「コンクールには出場するんですか？　吹部がでないのなら、ウチらだけで冬のアンサンブルコンテストをめざそうかって話をしているところなんです」

きっと口べたな榊甚太郎になり代わってパーカッションの総意を伝えているのだろう。吹部のなかでもっとも高い音楽的水準を維持している連中ならではのモチベーションだ。

「大丈夫、予選には間に合わせるから。あなたたちがカナメなんだからいままでどおりお願いね」

鏑木沙耶が伝えると、榊甚太郎が右手を十センチほどだけ挙げた。「わかった」という意味なのだろう。

「あの生意気な一年の小早川聡美もあしたから戻るんだって」

みながビックリして振り返ると、いつの間にか八幡太一が立っていた。また一段と痩《や》せたような気もするが、表情は精悍《せいかん》だ。

「親友の恵那がきのう、小早川に怒ったんだって。『わたしの帰る場所を壊さないで』って」

「それにしてもなんで八幡がエナリンの情報を知ってんのん？　あの子はまだ入院中

のはずやろ」副島奏が突っ込むと、

「いや、それは、その、いろいろなルートが」と歯切れがわるい。

気がつくと音楽準備室の隅っこの方で、藤崎省吾をはじめとする一年男子三人組が、いつものようにお互い向き合いながらペチャクチャしゃべっていた。

知らぬ間に消えてなくなっているかと思えば、いつの間にやらわいて出てくる。不思議な連中だ。

翌日にはみんな戻ってきた。

いや正確に言うとひとりだけ来ていない人物がいた。

ミタセンである。


あの事件以降、ずっと学校を休んでいるらしい。

なによりコンクールを控えた大事な時期に合奏ができないというのは痛い。

野々宮先生が事情を知っているかもしれないので、聞きに行く。

「それがね、なんか重い病気みたいなんだけど……」

「えっ、病名は？」

「不思議なのよね。三つの病院から診断書が届いているけど、みんな違うのよ」

「教えてください」

「言っちゃっていいのかな？　それぞれの病名が腸捻転《ちょうねんてん》と脳梗塞《のうこうそく》と肺結核なの」

しばし沈黙。

「それがホントだったら、フッーに死んでますよね」

「入院しているのかどうかもわからないし。でも三つとも八王子では名の知れた病院の診断書だったからウソとも思えないのよ」

「連絡は取ってるんですか？」

「何度かメールは打ったんだけど、返事は来ないの」

野々宮先生から得た情報をさっそく音楽準備室に伝える。

みんな不安な面持《おもも》ちで集まってきた。

「ミタセン大丈夫やろか。あのひとだけは病気にならへんと思ってたんやけど」副島奏が心配そうにつぶやく。

「殺してやろうかと思ったこともあるけど、死んじゃいそうだって聞くとちょっとかわいそうかも」加藤蘭先輩は平然と怖いことを言う。

みんなが沈んだ表情を浮かべるなか、鏑木沙耶だけが憤然としている。

「なんかおかしいと思わない？　絶対におかしい。そんなわけない」

「どーゆーことなの？」清水真帆がパッツン前髪を揺らしながら尋ねる。

「だって、エナリンの病院へお見舞いに行くのだってあんだけ抵抗してたんだよ。そんな簡単にお医者さんへ診てもらいに行くとは思えない」

八幡が言葉を継ぐ。

「そういや、盲腸の手術でさえ自宅でやったって言ってたな」

「でしょ。絶対なんかウラがある。あたし、ミタセンの家へ行ってみる」

「オレも行く」

「わたしも行きたい」

部員のほぼ全員が、謎の地球外生命体の生存実態調査に乗り出したいと名のりを上げた。

「ダメダメ、予選まであと一ヵ月を切ったんだから、しっかり練習しなきゃ。ミタセンが戻ってきたときにはもっとパワーアップしてなきゃなんないんだよ」

いつも冷静な前部長、長渕詩織が注意をうながす。

みんなで話し合った結果、長渕先輩や奥谷先輩といった三年が中心となって演奏の指導を担当し、オレと鏑木沙耶がミタセンの自宅直撃を任されることになった。

野々宮先生から教えてもらった住所を手にJR八王子駅北口からバスに乗りこんだ。八王子郵便局で下車して丘をのぼっていく。確かこの近所には演歌歌手の君島三郎《きみじまさぶろう》が弟子とともに住む豪邸もあるはずだ。

ようやくたどり着いた地点で鏑木沙耶と思わず顔を見合せる。お屋敷という言葉では足りず、迎賓館、VIP公邸、離宮とでも形容したくなるほどゴージャスな洋館がそびえ立っている。

表札には威圧するかのようなでかい文字で「三田村」とある。ここに違いない。

「あの、浅川高校の吹奏楽部で三田村先生に指導してもらっているものなんですけれども」

こう言うと、インターフォンの向こうで、

「奥さま、奥さま、お坊ちゃまの生徒さんだっていう方がお見えで」

しばらく待たされたあと、

「どうぞ、どうぞ、入ってください」

今度はとてつもなく明るい声でうながされるや、「ドウィーン」と巨大な扉が横に動き出す。

正門から玄関までがまた遠い。

植え込みや噴水をとおり抜けると、ドアの前に小柄な年配の女性が立っている。

「お待ちしてたのよ」

アポなしで訪れたのに不思議なことを言う。

女性の横には初老の男が付き従っている。もしかして執事という職種に分類されるひとなのだろうか。

広い応接間にとおされた。天井から巨大なシャンデリアがつり下がっている。落ちてきたら即死するに違いない。

すぐさまお手伝いさんのようなひとが白磁の陶器から紅茶を注いでくれる。しかもアキバのメイド服みたいなのを着ているのだ。このご時世《じせい》で自宅にリアルメイドがいるなんて……。

「いつもアキちゃんがお世話になってます。あっ、召し上がってね」

確かにあのオッサンのことをアキちゃんと呼んだ。三田村昭典だからアキちゃんなのだろうけど。

「先生のおかあさまでいらっしゃいますか？」鏑木沙耶はかなり緊張しているようだ。

「はい」とてもおだやかな笑みを浮かべながらうなずく。首のあたりに、フランシスコ・ザビエルが着ていたようなフリルのついた洋服をまとっている。

それにしてもミタセンのおかあさんがこんなに優雅なひとだったとは……。

そういえばミタセンだってやることなすこと無茶苦茶だが、言葉遣いはわりと上品だ。

「先生のおからだの具合なんですけれども、大丈夫なんでしょうか？　みんな心配してます」

「いろんなご病気を併発されていると聞いているんですけれども……」

そもそもミタセンの母親らしきひとには息子が大病をしているような切迫した雰囲気がまるで感じられない。

するといきなり大きな声をあげて笑い出した。

「ああ、診断書のことを言ってらっしゃるの、おっほっほっほっほ。あれは全部ウソなのよ。心配なさらないで。おっほっほっほ」

あっさり白状した。というか、最初から隠すつもりなど毛頭ないようである。教師がニセ診断書で休職しているということをこれほどシレッと言うなんて、おかあさんもただものではないようだ。

それにしても話がのみこめない。再び鏑木沙耶と顔を見合わせる。

「ウチの親族はみんな大きな病院のお医者さんなのよ。だから病気の診断書はいくらでも書いてくださるの。アキちゃんはピンピンしてますわ」

すかさず沙耶が突っ込む。

「じゃあ、どうして先生は学校に来られないんですか？」

ミタセンのおかあさんは、なんのためらいもなく言い切った。

「また登校拒否になっちゃったのよ」

オレが唖然《あぜん》としている横で、鏑木沙耶は、

「やっぱり」とつぶやく。

なにか思い当たるフシでもあるようだ。

「ウチの子は小さいときから落ち着きがなく、いまの言葉でいうと、あれよ、あの『空気の読めない』っていうのかしら、そういうタイプだったのよね。それでね……」

ミタセンのおかあさんは息子の来歴を話しはじめた。小学校のときから周囲とのあつれきが絶えず、登校拒否になったこと。中学二年のときに音楽好きの教師と出会い、恩師の助けもあって少しずつ学校に適応できるようになったこと。学校へ行かなくなるたびに診断書を偽造して乗り切ってきたため、成人してからもその習慣が抜けきれていないことなどなど。

なるほど、こんな環境とそんな事情が積み重なって、あのようなへんてこりんな人物ができあがったのか。なんとなく納得がいく。

「で、先生はいまどこにいらっしゃるんですか？」

またしても横から鋭い問いが発せられる。沙耶ってこんなにキビキビとしたヤッだったっけと思わず横顔を見つめてしまう。

「ウチにいるわよ」

おかあさんは平然とおっしゃる。でもこの場所にはいないではないか？

しばらくの沈黙があった。またしても沙耶がおずおずと切り出す。

「お会いすることはできないんでしょうか？　予選前の大事な時期なんで、いろいろ相談したいことがあるんです」

「そうねえ、部屋から出てこないと思うのよ。まだ引きこもり中だから……」

ミタセンはいい年こいて「ヒッキー」だという。

「せっかくだから、いっしょに行ってみましょうか？」

応接間をでると長い廊下と広い階段をとおって二階に上がる。おかあさんは手前の部屋を指さした。ドアの前には輪島塗《わじまぬり》らしきトレイにのった銀と白磁の食器セットが置かれている。

「お昼ごはんは食べたみたいね。食欲はあるから大丈夫よ」おかあさんはささやく。

どうやら食事を置いておくと勝手に食べ、部屋の外へ食器をだすシステムになっているらしい。

部屋の前まで行くと、おかあさんはいきなりドアをガンガン叩《たた》きながら、

「アキちゃん、アキちゃん」

大声で叫ぶもんだから、ふたりとも飛び上がる。

「学校の生徒さんがいらっしゃってるのよ。ちょっと顔だけでも見せられないかしら」

気を取り直した沙耶は、

「先生、鏑木です。吹部のみんなは戻ってきました。もう一度、指導をお願いします」とわめく。しょうがないからオレも、

「西大寺です。もうひといきなので合奏を見てください」と叫んだ。

しかしまったく反応はない。

しかたなく三人で応接間に戻る。

「新しい学校に行ってからのアキちゃんの張り切りようといったら、それはすごかったのよ。毎日、家でも吹奏楽部のことばかり話すの。『絶対に全日本へ行ける。絶対に全日本へ行ける』ってそればっかり。家でもずーっとノートを書いていたのよ。こ

の部屋に置いたままになっているから見てみます？」

ミタセンのおかあさんは大量のノートを持ってきた。まず「吹奏楽部コンクールスケジュール」と記されたものを繰ってみる。ノートの左側には基礎練習、コンクール曲への指導法や強化すべき点についての予定が毎日一ページずつビッシリと記載されている。四月十日からはじまっており、最後のページは十月三十日。つまり全日本吹奏楽コンクールの前日までの練習プランが完璧にできあがっているのである。右側には実際に行った練習や、予想より進んでいる点、遅れているポイントなど、吹部の進捗《しんちょく》状況が綴《つづ》られている。思ったとおり、吹部が空中分解した前日の記述で終わっている。

さらに膨大な冊数の個別の状況チェックノートを見て本当に驚いた。すべての部員について一冊ずつノートが作られており、しかも一日も欠かさず、その音の成長ぶりや指導ポイント、練習の成果などを細かく書き連ねていたのである。

ミタセンは個人の練習やパート練習にはほとんど参加していない。一人ひとりの音を個別に聴いてはいないはずなのに、合奏のなかで四十八人の生徒の音の変化を聴き分けていたのだ。耳の鋭いひとだとは感じていたが、ここまで超人的だとは、想像だにしていなかった。

思わず自分のものを手に取ってみた。

案の定、ミタセンはオレのオーボエの音にかなり厳しい評価を下している。ただ、オレが腰を据えて練習をはじめたころには、その音の変化を感じ取っており、「このまま放っておけば自分でなにかをつかむだろう。みずから獲得した音ほど強いものはない。いまはこちらから指導する必要はないと思われる」と書いてくれていた。
二、三年は誰も顔と名前が一致しない藤崎省吾をはじめとする一年男子三人組のノートもあり、ヤツらの音の浮き沈み、飛躍したポイントなどがそれぞれしっかりと記述してある。
鏑木沙耶は目を真っ赤にして自分のノートを読みふけると、宙を見つめて放心状態になっている。

拝借《はいしゃく》して目をとおしてみると、チューバという楽器に触れた喜びや初心者としての苦闘に対し、惜しみない称賛をおくるとともに、息の量やくちびるの形など、どういった点に留意しながら練習しているかを音から見抜いて細やかに書き連ねてあった。

「そんなに熱心に読んでくださるのなら、あの子も書いた甲斐《かい》があるわね」

「わたし、わたし、言葉になりません。うれしくって」

「あの、このノートお借りしてもいいでしょうか？　部員にも見せたいんです。みんなきっと喜ぶと思います」

「いいわよ。少しでも吹奏楽部のお役に立つんだったら、持って帰ってくださいな」

いとまを告げると、ミタセンのおかあさんは門の前まで見送ってくれた。

「ごめんなさいね、わざわざ来てくださったのにアキちゃんたら顔も見せないで」

「いえ、大丈夫です。近いうちに力ずくでも先生を引っぱり出しますから」

オレが言おうとしたことを、鏑木沙耶はサラッと言ってのけた。その言葉を聞いて、おかあさんはこう付け加えた。

「今回はひさしぶりに大きく落ち込んじゃってね。引きこもるのは何年振りかしら。でもわたしはね、きのうあたりからなんとなく予感がしてたのよ。そろそろ神さまが救いの手を差しのべてくださるころだわって。だから、あなたがたのお顔を見たときすぐにピンときたわ。神さまのお使いの方だって。わかったのよ、すぐに」

ミタセンのおかあさんに頭を下げ、大量のノートを抱えてバス停への道を下りながら、

「鏑木、あした終業式が終わったら、すぐに全体ミーティングを開くってみんなに伝えてくれ」と頼むと、

「うん、大丈夫、いまLINE打ってるよ」

即座に力強い声が返ってきた。

九

ミタセンの家にお邪魔して、個人別のノートに目をとおしたときの衝撃は忘れられない。

初めてチューバの音をだしたときの驚きや、腹式呼吸を意識しはじめた初期のころの様子、四分音符のアタック練習で徐々に音が変わっていったときのことなど、音の表情からわたしの状況を理解してくれていた。

ただ一番驚いたのは六月十五日の記述だ。そこにはこう書かれていた。

「きのうとうって変わって今日は音量も少なくパンチが弱い。心ここにあらずといった感じか。いったいどうしちゃったんだろう？」

しばらくは、なんのことだかわからなかった。

そして突然思い出す。

前の日の夜、おとうさんのことでおかあさんが怒ったという一件があったんだと。

そういえば、あの一週間後におかあさんはこんなこと言ってたっけ。

「このまえはごめんね、大きな声をだしちゃって。ビックリしたでしょ」

「こっちこそ、変なこと言っちゃってごめんなさい」

「ううん、あなたはなんにもわるくないのよ。三田村先生の言うように、一回おとうさんに会ってみたら」

「えっ？　でも……」

「おとうさん、夢ばっかり追ってて生活力っていうのがまったくなくってね。いっしょに暮らすのは大変なひとだったのよ。だってほとんど家にお金を入れないんだから。まあ、おかげでわたしはこんなにたくましく生きる力がついたんだけどね」

「……」

「あなたが生まれてからも、ほとんど家に寄りつかない。でもたまに帰ってくると、あなたはおとうさんにべったりなの。それに対して腹の立つこともあったわ。わたしひとりで一生懸命育てているのに、どうしてこの子は父親ばかりに懐くんだろうって。このまえ大きな声をだしたのもそれと同じ感情よ。嫉妬《しっと》だわ。いまさらながら、おとうさんに嫉妬してるのよね」

「わたしはほとんど覚えていないの」

「そろそろ一度会っといた方がいいんじゃないかと思ったの。あなたももう、いろいろとわかる年だしね。変わったひとだけど、まちがいなくあなたの父親よ」

「……うん、でもやっぱりやめとく。なんとなくまだ会いたくない」

「そうなの？　でも三田村先生が言ってくださるのなら、無理して断らなくてもいいのよ。すごいひとだから任せておいても大丈夫だと思うの。おとうさんとそんなに長く友だち付き合いできるんだから、絶対に普通のひとじゃないわ」


おかあさんの言うとおりだった。やっぱりミタセンは普通じゃない。

わたしのチューバの音だけで、微妙な心の動揺を感じ取ってしまっている。吹部の誰よりも長い時間をミタセンと過ごしてきた。

でもミタセンの本質なんか全然つかめていなかった。

ミタセンは相手の表情やしぐさから気持ちを推《お》し量ろうとはしない。だからとっても鈍感で他人のことなどどうでもいいひとなんだと思っていた。でもそうではない。ひとの奏でる音から相手の心の動きを読み取ることができるのだ。そしてミタセンが音から得る想像力や感受性は、誰よりも繊細で豊かで深みがある。つまり音でコミュニケーションしようとするひとなのだ。

ある種の天才なのだろう。

西大寺だけはミタセンのすごさに最初から気づいていたみたいだ。だからこそ、吹部を続ける気になったに違いない。

ミタセンの家へ行った翌日に開かれた吹部の全体ミーティングでは、最初に「コンクールスケジュール」と書かれたノートを見てもらった。

これだけでも部員のなかからどよめきが起こった。

「すげー、っつうか、ミタセン、本気で全日本に行くつもりなんだ」

「ここまで緻密《ちみつ》に練習を組み立ててたんだね」

「最後の方でカッカしてたのは、予定より仕上がりが少し遅れてたからなんだな」

「あの日から白紙のところが一週間もあるよ」

「その分の遅れを取り戻さなきゃ」

「できるのかな？」

西大寺が熱弁を振るった。

「たぶん、ミタセンが考えているとおりに強化できれば、オレたちが全日本へ行ける可能性は充分にあると思うんだ。確かに上達している。みんな信じられないほどうまくなってる。そのことには自信を持った方がいい」

長渕先輩があとに続く。

「せっかくここまでやってきたんだから、どうしても予選にでてみたいの。もしダメだったとしても、わたしたちに失うものはないでしょ」

これだけでも士気がかなり高まった。

次に、個人別に書かれたノートを机の上に置く。

みんな奪い取るように自分のノートを読みふける。誰もが無言だった。でも誰もが顔をほてらせている。

沈黙は思いのほか長く続いた。

やがてみなはミタセンのノートを書き写しはじめる。そして騒ぎ出す。

「こんなに生徒のこと思ってるんだったら、どうして口にだして言わないわけ？」

八幡が叫ぶと、

「ミタセンと一度もしゃべったことないから、わたしのことなんか知らないと思ってた」

大磯渚がつぶやき、

「わたしのこと、こんなに見てくれているって知ってたら、あんなに刃向《はむ》かわなかったのに……」

気の強いはずの小早川聡美は恥じ入っている。

わたしは立ち上がってみんなに説明した。

「先生は表情では他人の気持ちを知ることができないけど、音で人の心をのぞけるの。みんなの音を聴いて、みんなのことを把握《はあく》してるの。言葉は全然足りないから誤解されやすいけど、わたしたちのことをちゃんと思ってくれてるし、知ってくれていると思うわ」

みんなは「なるほど」とうなずいた。

「やっぱりわたしたちの音楽を完成させるためにはどうしてもミタセンが必要なんやね」

副島奏の言葉に誰も異論はない。

そのあと、西大寺がミタセンの自宅を訪れた際の様子について報告した。

全員が耳をそばだてた。なにせミタセンの私生活にはみんな興味津々なのだ。

診断書を偽造してのズル休みからはじまり、現在の引きこもり生活、さらにいくら声をかけても出てこなかったことを伝えると、

「じゃあ、どうすればいいのかしら」マジメな奥谷遙先輩は嘆息《たんそく》を洩《も》らし、

「ドアをぶっ壊すしかねえだろ。ハンマーとかレンチなら借りるあてがあるよ」

やっぱり加藤蘭先輩は過激なことを言う。

「とにかく引きずり出すしかないわ」

「どうやって？」

「呼びに行くのよ」

「でも、出てこないってば。何回も行くような時間は残ってないわよ」

「だいたい登校拒否って生徒がなって、先生が迎えに行くもんでしょ。逆じゃん」

「しかたないでしょ。ミタセンは打たれ弱いひとなんだから」

「そーだよね、攻めるのはとことん強いが守りはめっぽう弱いタイプなんだよ」

「だいたいなんで教師が診断書とか偽造するわけ」

「やるんならもっとうまくやんなきゃ、腸捻転《ちょうねんてん》と脳梗塞《のうこうそく》と肺結核のコラボはおかしすぎる」

議論は紛糾《ふんきゅう》し、まったくまとまる様子がない。

「ひとつ提案があるんだ、聞いてくれ」

ふたたび西大寺が立ち上がる。

「オレと鏑木部長でなにを言ってもダメだった。たとえ全部員でミタセンを説得しようとしても聞く耳を持たないと思うんだ。ミタセンはそもそも言葉に興味がない」

「そうかもね」

「でも音楽だったら聴くと思うんだ。絶対に身を乗り出してくるに違いない。我慢できなくなるはずだ」

「で、どうするの？」

「みんなで演奏するんだ、ミタセンの家の庭で」

「えー？」一同は声を上げる。

「みんなが楽器に心を込めて『ミタセン帰ってこい』と思いながら演奏する。その気持ちはダイレクトに届くはず」

「でも、先生の家のご近所に迷惑じゃないかしら？」長渕先輩は心配そうに話すが、

「そのへんは大丈夫。あのおかあさんはミタセンよりはるかにブッ飛んでるから」

西大寺は太鼓判を押す。

「なんかおもしろそーね」

「オレもやりてえ」

「ワクワクしてきたー」

ようは、みんなお城のようなミタセンの豪邸に行ってみたいのだ。リアル執事やアキバのメイド服を着たお手伝いさんを見たいのだ。バテレンのような服を着たミタセンの母に会いたいのだ。

遠足気分はまたたく間に伝播《でんぱ》して、第二音楽室は騒然となる。

「名付けて『天《あま》の岩戸《いわと》』作戦。こんな感じでやろうと思うんだ……」

西大寺が曲目や演出プランを披露する。

「決行日は？」

「はやい方がいいよね」

「あしたにしよう」

「あの、機材の運搬はどうしますか？　バスドラや弦バスはトラックがないと。その曲をやるとなるとハープも要ると思うんです」

パーカッション部門で鍵盤打楽器の名手、北川真紀が冷静に問いかける。

「そーだ、忘れてた。どうしよう」

西大寺が頭を抱える。

「楽器屋の辰吉さんに頼んでみる。格安でやってくれるかもしれない」

わたしが提案すると、長渕先輩が最後を締める。

「よし、鏑木部長はいまからそっちの方を当たってみて。ほかのみんなはさっそく曲合わせね。超特急で仕上げるからついてきて」

「よっしゃー」

「やるわよー」

辰吉さんに事情を話すとバカウケだった。

「おもしれー。それ、おもしろすぎるよ。乗った乗った。やっぱ三田村さんすごいわ。なにかをやらかすとは思ってたけど、さすがだね。お隠れになっちゃうんだから。わっはっは」

チョンマゲを揺らして笑っている。

運搬費用は自分のおこづかいをつかおうと思っていた。フルートを買うために貯めた預金があるからなんとかなる。

「運送代っていくらくらいかかるんですか？」おずおずと尋ねてみると、

「いやいや、その話に乗ったんだから、楽器の運搬は無料で請け負うよ。ただし条件がある」

とんでもないことをふっかけられるのだろうか？

タダより怖いものはないとおかあさんはいつも言っている。

「その三田村先生のご自宅での演奏なんだけど、運送を手伝うウチの従業員とボクも鑑賞させてもらいたいんだ。せっかくそんなおもしろい公演をやるのに、聴衆が三田村さんとそのおかあさんだけだともったいないだろ。その入場料で運送代をチャラにしよう」

「そんなことでいいんですか？　もちろんです！　ぜひ聴いてください」

こちらとしても願ったりかなったりということで、交渉はすぐさままとまった。

「いつか辰吉さんは本気の夢じゃなきゃダメって言ってたでしょ。なんか最近、先生の本気がみんなにうつってきたんです。少しずつみんなが変わってく。やっぱり本気の夢だからなのかな」

「そうだね。そうだと思う。でも三田村さんの本気を受けとめるキミたちだって捨てたもんじゃない。いや、すごいと思うよ。沙耶ちゃんも立派だ。本気になるのは疲れるだろ。でもあとで財産になるからがんばって。応援してるよ」

野々っちには前日のうちに声をかけておいた。

「しょうがないわね」と言いながらも引率してくれるという。学校の備品を持ち出すだけに、教師がいてくれるに越したことはない。

「なんか楽しそう。三田村先生、どうなっちゃうのかしら？　韓流《はんりゅう》ドラマみたいな展開ね」

ミーハーな野々っちもやっぱり遠足気分だ。

トラックと大集団がいきなり押しかけたにもかかわらず、ミタセンのおかあさんは前回と同じく、

「お待ちしてました」と言って迎えてくれた。

「あのー、これから少しの間、演奏させてもらうんですけれども、ご近所の迷惑にならないでしょうか？」

西大寺がいちおう声をかけると、

「せっかく立派な演奏をしていただけるんだから、ご近所さんにはお足を頂戴《ちょうだい》してもいいぐらいじゃないかしら。おっほっほっほ」

と返ってきた。やっぱりミタセンのおかあさんは剛胆《ごうたん》なひとだ。

「みなさん、まずはこちらにいらしてくださいな」

ミタセンのおかあさんにうながされ、応接間に入ると、以前とはうって変わって立食パーティー会場になっていた。

天井に届きそうな帽子をかぶったシェフたちが、ローストビーフを焼いたり、寿司《すし》を握ったりと忙しそうに立ち回っている。

あちこちからおいしそうな湯気が立ちのぼっていた。

「演奏まえに軽食でもどうかしらと思って」

四十八人の飢えた子羊たちは料理に群がった。

「すっごい」

「これ、うめー」

あちこちから歓声が上がる。

野々っちや辰吉さんとお店のひとたちもお相伴《しょうばん》にあずかった。

好き嫌いの多い蘭先輩だけが眉《まゆ》をひそめ、いちいち長渕先輩に問いただす。

「おい、これ、なんだ？」

「フォアグラよ」

「なんだ、それ？」

「ガチョウの肝臓」

「ウゲッ。あの池とかにいるヤツだろ。食えるのかよ」

「おいしいから食べてみなよ」

「この上にかかってる黒いゴミみてえなのは？」

「トリュフじゃないかしら」

「……」

「キノコの一種よ」

「腹こわしたりしねーだろうな」

「大丈夫だってば」

部員たちはドラマに出てくるような豪邸におおはしゃぎ。あちこちで執事さんやメイド服のお手伝いさんと写メを撮っている。

腹ごしらえが終わるとセッティング。二階にあるミタセンの部屋の窓の下を中心に扇をつくった。

チューニングはあえて庭をつかわず、ミタセンに聞こえないよう玄関口で行った。

辰吉さんはわたしのチューバの音をチェックしながら尋ねてくる。

「どうしてあの男の子、女装してドレスを着てるわけ？」

八幡太一の方を指さす。

「リヒャルト・シュトラウスの楽劇『サロメ』のなかの『七つのヴェールの踊り』をやるんです」

「なるほど、サロメを男の子が踊るんだ。こいつは傑作だ」

豪快に笑う。

オスカー・ワイルドの原作であるちょっと残酷な戯曲において、主人公のサロメはヘロデ王に預言者ヨカナーンの首が欲しいと言ってきかない。この曲はそんなサロメが妖艶《ようえん》に踊るシーンでつかわれる。

西大寺が「天の岩戸作戦」と命名したのは、部屋に隠れてしまったミタセンを日本神話のアマテラスオオミカミの故事になぞらえ、アメノウズメの代わりにサロメを踊らせ、岩戸すなわち部屋から引っぱり出そうという戦略なのである。

完璧にメイクした八幡はゴキゲンで、ヴェールをまとってくるくる回っている。


「さあ行くよ」わたしは声をかけた。

今日に限り、指揮を長渕先輩にお願いした。

細い目を最大限に見開いて指揮棒を下ろすとまずは甚太郎のティンパニーが炸裂《さくれつ》。

続いて西大寺のなまめかしいオーボエソロが続く。

副島奏のフルートが受ける。ヴェールの衣擦《きぬず》れが聞こえてきそうだ。

楽団の中央では八幡が見よう見まねで柔らかく踊る。

演奏しているものは誰ひとりその姿を目に入れようとしない。うっかり見てしまったら笑いがとまらなくなるからだ。

灯《あか》りの消えていたミタセンの部屋から電灯の光が洩れてきた。さっそくのリアクシヨンにみんな目配せをする。

やがてピッコロが跳ねはじめる。

するとカーテンの隙間からチラチラとこっちをのぞいている。

八幡は小刻みにスキップを繰り返す。

今度はカーテンが全開になった。

ミタセンの行ったり来たりする姿が目に映る。

とにかくみんなは笑いをこらえるのに必死だ。

やがて窓は開かれた。

わたしたちを見下ろしている。

西大寺のシナリオによると、このあとミタセンは我慢できずに部屋から出てくるはずだった。

ところが予想に反する行動にでる。

いったんは姿を消したミタセン。

戻ってきていきなり窓辺で直立不動になると、われわれに向かって指揮棒を振りはじめたのである。

みんなが目で合図を送ったので長渕先輩は苦笑しながら指揮をやめ、持ってきていたトロンボーンを手にとる。

ミタセンはノリノリだった。窓の上からわたしたちの音楽にのっかっている。

誰もが演奏しながら満面の笑みだった。

わたしは一生懸命低音でみんなを支えた。師匠である辰吉さんが聴いてくれているのでヘタな音はだせない。でも楽しい。本当に楽しい。

みんな気持ちを込めて演奏している。

ミタセンへ向けてのラブリーなメッセージを音に乗せて……。

二階の窓にはまちがいなく届いている。だって飛びはねてるんだもん。

北川真紀のシロフォンが軽やかに弾《はじ》け、再び甚太郎のティンパニーがとどろく。

曲が終わりに近づくと、ミタセンのからだは激しく上下しはじめ、髪を振り乱して指揮棒を動かす。それは引きこもりで蓄えられたダイナミズムの爆発的な発露のようだ。

複雑な和音がとろけ、ワルツが踊る。

急激な音の上下が繰り返され、フィニッシュがピタリと決まった。

「ブラボー」辰吉さんが叫ぶ。

その瞬間、わたしたちもミタセンも微動だにしない。

しばらく沈黙が続く。
そして窓から大きな声が届いた。
「まだまだだよ。そんなんじゃダメダメ。あしたから猛特訓だからね」
そう言うやミタセンは窓を閉め、カーテンも閉ざされ、灯りが消えた。
みんな声を抑えて笑っていた。
おかあさんと野々っちの拍手がいつまでも広いお庭にこだまする。

十

結論から言うと、翌日からミタセンは学校にあらわれた。

夕方になると、きのうまでのトラブルなどなかったかのように、平然と吹部の指導をはじめる。もしオレが同様の立場だったら少しくらい気恥ずかしくなるはず。そういった感情はいっさい持ち合せていないようだ。

そして、とてつもなく厳しい練習がはじまった。

全日本への第一次予選まであとちょうど三週間。ミタセンは遅れを取り戻そうと必死なもんだから、ときには以前のように楽譜を投げることもある。

「違う違う、そこ、出だしきたないよ。柔らかいタッチの音ちょうだい」

「足りない足りない。全然音量が足りてない。もっともっと。窒息死してもいいから吹いて吹いて吹きまくって」

指導は細かくて粘り強く、納得するまで決して次に進まない。

夕方からはじめる合奏は連日十時、十一時まで引っ張られる。

しかし部員たちの間から不満の声が漏れることはなかった。名指しで立たされて演奏し、

「ダメダメダメ」

と個人的に集中砲火を浴びても、

「はい、わかりました」

「もう一度、お願いします」

誰もが食らいついていく。

みんな本当に変わってしまった。

部員たちの感じていることはオレにもよくわかる。

「このひとはわたしのことを真剣に見ていてくれる。聴いてくれている」

こんな安心感が全員にあるからこそ、もはやなにを言われても大丈夫なのだ。

むしろダメ出しを連発され、何度も同じところを吹かされても、

「もっとわたしの音を聴いてください」

と積極的に自己アピールしているようにさえ感じてしまう。

「音を創るんです。だすんじゃないよ。音なんかでる。感動させる音を創るんです。

どうやって感動させるのか。どうやってひとの心を揺さぶるのか。聴いてくださるお

客さんのことを考えながら、キミたちの気持ちを届けるように音をだそうよ」

「はい」

ミタセンの伝えようとしている想いが集団にしみわたる。

いまオレたちがどの段階にあり、めざすレベルとはどれくらい乖離《かいり》しているのか、みんなミタセンのスケジュールノートを見たことでわかっているのだ。

夏休みなので、本来は午後からスタートすることになっているんだけど、朝はやくから続々と部員が集まってくる。弁当は二つ持参。夕食の分は腐るといけないので、登校するとすぐに家庭科室の冷蔵庫に入れておく。

みんな家には寝るためだけに帰っているようなものだろう。

しかし疲れた様子はまったく見受けられない。

個人練習ではミタセンのノートに書いてある指摘を少しでも自分のものにしようと必死になっている。

午後のパート練習の時間になると、あちこちで人の輪ができて、お互いの音を聴き合うようになる。

「ちょっと、ここのフレーズ、できてるかな？」

「やってみて、うん、ちょっとアタックがきついかも」

お互いがお互いの音を吟味して、批評することが習慣となる。

こういった練習は合奏の際に生きてきた。

いままで、あれだけミタセンに注意され続けながらなかなかできなかった「周囲の音を聴く」ということが自然と身につくようになってきたのだ。

自分の音を聴き、周囲の音を聴き、そして調和させる。

オレたちの音は日に日に精度を増してきた。

吹部が覚醒《かくせい》したのである。

「きれいな音がでるようにはなってきた。音量も少しずつアップしてる。あと足りないものはなにか。歌だよ、歌。歌うんだ。楽器で歌うんだ。ハーモニーを意識して歌ってみよう。いまキミたち以外に聴いているひとはボクしかいない。だからボクを感動させて。ボクを踊らせて。キミたちの歌で」

「一人ひとりの声はか細くても、みんなで懸命に編んでいけば、色彩豊かな極上のタペストリーになる。もうちょっと。はい、もう一回」

吹部のみんなが爆発的に成長する一方、オレは自分のなかに焦りを覚えていた。届かないのだ。

自分のイメージする音に……。

オレの音には表情がない。音でしか伝えられないオレの気持ちを楽器が乗せてくれない。

なにかのヒントになるかもしれないと思い、モーツァルトのオーボエ四重奏曲ヘ長調、ブラームスの交響曲第二番やベートーベンの交響曲第三番「英雄」などオーボエの目立つ曲を聴いてみる。

その豊かな表情を耳にしたあと、自分の音を聴くと死にたくなってきた。

聴かなきゃよかった。

自分に自信がなくなってくると、いままでバカの集団だと思っていた吹部のヤツらにすら負けているような気がしてきた。真っ赤になってチューバに息を吹き込んでいる鏑木沙耶が偉い人物のように思えてくる。目の錯覚《さっかく》かもしれないけど、オレのなかでは最底辺に位置するはずの八幡太一ですら輝いているように見えてくる。

もちろん表情はおろか、おくびにもださなかった。

自分の悩みなど誰にも相談していない。

プロのオーボエ奏者であるオヤジに聞いてみたいことはたくさんあった。

でもそこにだけは頼りたくなかった。またいっしょに演奏をしはじめ、音楽が嫌いになったり、オヤジと衝突したりしたら、今度こそ取り返しのつかないことになる。

考えていることはただひたすら自分の音楽ノートに書き出した。

これは吹部に入ったときからつけているものだ。練習が終わったあと、その日の出来不出来《できふでき》、これからの課題、練習方法の是非《ぜひ》など、音楽に関することを委細《いさい》構わず書きつけている。もちろん門外不出である。

オレの弱み、悩み、未熟さ、葛藤《かっとう》がすべてこのなかに詰まっている。

こいつにすべてを吐き出すと少しだけホッとできるんだ。


ミタセンが戻ってから一週間後のこと。

家に帰って音楽ノートをまとめようとカバンを開くも見当たらない。

からだがガタガタ震えてきた。

どこに置いてきたんだろう？

必死になって記憶を呼び戻す。

そうだ、どうしてもうまくいかないフレーズがあったので、ノートを取り出して小節番号を書き込んでいると、なんとなく一年女子にのぞかれているような気がしたから、なにげなく机のなかに放り込んだんだ。なにしろ、表紙ですらひとに見られるのは恥ずかしい。そこへ八幡太一がやってきた。

「あのさー、一年でどうしてもアンブシュア（唇の形）の崩れちゃう子がいるんだ。マウスピース替えた方がいいのかなと思ってさ。ちょっと見てやってくんないかな？」

しかたなくトランペットの教室に移動したまま置き忘れてしまったのだ。

翌日は朝はやくに登校した。まっしぐらに教室へ向かい、ノートを入れたはずの机を探るが影も形もない。

ふたたび目の前が真っ暗になる。

そこへ鏑木沙耶が入ってきた。いつもこんなにはやくから学校に来ているとは知らなかった。眠たいのか大きなあくびをしながら、

「このノートって西大寺のじゃないの？　床に落ちてたらしいよ」

「おまえ、なか見てねえだろうな？」

「なに言ってんのよ、失礼しちゃうわ。ひとのノートなんか勝手に見ません。ミタセンからメールが来たの。音楽準備室の机の上に置いておくから、西大寺に渡しといてくれって。どうしたの、こんなにはやく来て。まあ、あと二週間だからガンバローね」

どうやら本当に目をとおしていないようだ。

ホッとした。

どうしても鏑木沙耶にだけは読まれたくなかった。近ごろはどうしても女の子として意識してしまう自分がいた。

なんとなくアイツの前ではカッコイイ自分でいたい。弱い姿は見せたくない。

この日の合奏は八時半で終わった。

「みんなかなり疲れてきたみたいだね。根を詰めるのもいいけど病気になっちゃダメだよ。今日はいい感じにできてたから、このイメージを忘れないで」

まっすぐ家に帰るとなんとオヤジが玄関で待っている。

「宏敦、おまえ、吹奏楽部でオーボエをやってるらしいな」

頭のなかが真っ白になった。

どうしてバレたんだろう。オーボエケースを持ち歩くときは、スポーツバッグに入れて偽装していたし、家での練習だって誰にも聞かれたことはない。

「さっき、おまえの高校の三田村先生って方から電話をいただいたんだ。オーボエの音のことで悩んでるみたいだから教えてやってくれないかって」

あのバカ。

頭に血が上った。そして瞬時になにが起こったのかを理解した。

ミタセンはノートを拾ったあと、音楽準備室でくまなく読んでしまったのだ。オレがオーボエについて音を模索していること、オヤジから習うわけにはいかないことなども全部知ってしまったのだ。あの男の辞書にデリカシーという言葉はない。

それにしても、知ったことをそのまま電話で伝えてしまうとは……。

靴を履いたまま立ち尽くしていると、

「いっしょに練習してみないか？」

オヤジが声をかけてくる。

もちろん断ろうと思った。

正直に言って、オヤジの教え方はあんまりうまくない。でもその誘い方は以前のような命令口調ではなく、むしろ哀願《あいがん》するような雰囲気さえこもっていた。玄関口から見上げると、オヤジの視線は見下ろすようなものではなく、とても控えめだった。

この前の小さな背中を思い出す。しらふのときに話しかけてくること自体、ひさしぶりだった。ここで拒否したらオヤジとの断絶は永遠に埋まらない。

そんな気がした。

「わかった。準備するから地下で待ってて」

楽器を用意してスタジオに入る。

数年振りのこの空間。小さいころの苦い思い出がよみがえってくる。

オヤジはなんか緊張しているみたいだった。

「えー、オーボエはダブルリードの楽器だ。ダブルリードの楽器の歴史はたいへん古く、古代エジプトの壁画にもそうした葦笛《あしぶえ》が描かれている。ラーメン屋さんのチャルメラもオーボエの元祖なんだ。ただ演奏はむずかしい。ギネスブックにも世界で一番むずかしい木管楽器と書かれている」

いきなり講義をはじめた。

たぶん子ども相手の演奏会やなんかでいつも話していることなんだろう。

言い終わると、しばし気まずい沈黙。オレは口を開く。

「とりあえず聴いて欲しいんだ。ダメなのは自分がよくわかってる。なんでも遠慮なく言ってくれて構わない」

課題曲、自由曲での自分のパートを吹いてみた。

演奏が終わるとオヤジが尋ねてくる。

「この楽器は誰のなの？」

「先生のを借りてる」

「いいのをつかってるんだね。でも調整不足だよ。一回、楽器屋さんに診てもらった方がいい。今日はこっちを吹いてみよう」

「わかった」

「あとリードを見せて。これは？」

「普通に楽器屋で買ってきた」

「そっか。本当にいい音をだそうと思ったら、リードにも気を使わなくてはダメだ。とにかく数を試して自分に合うものを探さなくてはならない。ボクたちプロは自分で作るんだ」

確かに小さいころからオヤジがナイフで白いヒレみたいなものを削っている姿をよく目にしたものだ。

「ちょっと待ってろ」

そう言うと、オヤジは黒い小箱を持ってきた。

開けてみるとリードが横に十本並んでいる。

「演奏会用、合奏練習用などによって分けてある。その日の天候や湿度によっても替える。デリケートなんだ。今日はこれをつかってみよう」

楽器とリードを替え、音を吹き込んだ瞬間、鳥肌が立った。

「全然違うんだね」

「うん。じゃあ、さっきの曲をもう一回吹いてみて」

演奏を終えるとオヤジは拍手してくれた。

「うん、なかなかいいよ。問題は技術的なことだけだ。なによりもちゃんと自分のなかでイメージできているのがいい。あとはそこへどうやって近づけていけるかだな」

オヤジが音楽のことで初めてほめてくれた。

「三田村先生っていうのはすごい指導者なんだな。ボクがずっと宏敦に教えたくて、できなかったことを、こんなに短期間で理解させるんだから」

「んー、まあ、先生っていうより、吹奏楽部が教えてくれたのかもしんないな」

「そっか。いい学校に行ったんだな」

「無名の公立なんかに入りやがってって言ってたじゃん」

「すまん。取り消させてくれ」

「それより教えて欲しいことや、わかんないことが山ほどあるんだ。まずはここの指遣いなんだけど……」

翌日の学校でミタセンに会った際、もう怒りは収まっていたけど、とりあえず抗議しておいた。

「なんでいきなりオヤジに電話したんだよ」

「だって、音楽的な悩みがあって、そばに教えてくれるひとがいるんでしょ、だったら聞いたらいいじゃん」

「親子だからこそ、なかなか言えないこともあるんだよ」

「えー、なんでー、ボクはなんでも包み隠さずママに相談するよ」

(マザコンのあんたといっしょにするな!)

心の底からそう叫びたかった。


ミタセンが復帰してから二週間。ぶっとおしの練習が続き、演奏力は飛躍的にアップした。

もはやそれほど怒られることもなくなってきた。

三日後には予選が行われるという日の合奏でのことだった。

「じゃあ、自由曲から合わせるね。とりあえずとめないで一気に最後までやってみよう。じゃ、ワン、ツー、さん、しっ」

普段どおり曲に入ったものの、トランペットのところで極端に音がにごる。

あまりのひどさにミタセンはたまらず両手を拡げる。

「ちょっと、どうした八幡くん？」

「すんません」

なにかしきりにトランペットを振っている。でもツバが詰まったような音ではなかったのだが……。

「じゃ、もう一度最初からいくよ。ワン、ツー、さん、しっ」

しかし、きのうまでは簡単にでていた初っぱなの音からつまずく。

「ダメダメ。ごめん。とめて。八幡くん立って」

「はい」

「ちょっとひとりで吹いてみ」

いったいどうしたというのだろう。あれだけ張り切って練習し、日に日に精度を増してきていた八幡のファーストがズタボロになっている。

「やめやめ。おーい八幡くん、口を開けてみて」

太一は困ったように笑いながら小さく口を開ける。

「もっとでっかく」

「イヤです」

「思いっきり口を開けて」

「イヤです」

ミタセンは指揮台を降りて、クラリネットの間をぶち抜き、八幡の前に立つ。

太一が石のように固まっていると、いきなり両腕で強引に彼の口を開かせた。

「口、開けて」

「あー」

「なに、あれ」

全員が呆然《ぼうぜん》と立ちすくむ。

八幡の前歯が一本、見事に消えていたのである。

「どうしちゃったの？」

「ごめんなさい、ごめんなさい。恵那のお見舞いで、バイトで徹夜が続いてたから。ごめんなさい。バイクが。バイクが」

前歯のない間抜け面《づら》のまま泣き崩れてしまい、なにを言っているのだかわからない。

みんながいろいろ問いただし、ようやく理解できたのは次のような事情だった。

恵那凛が入院して以降、八幡は学校近くの神社にバイクを隠して毎日見舞いに行っていた。恵那は吹部の話を聞くことを、なによりも楽しみに待っていてくれたのだという。

彼女が入院してからというもの、八幡が以前にも増して吹部にのめり込んでいたのはこのためだった。

八幡はいろいろなところからお金を借りてヤマハの「ゼノ」を買った。吹部でがんばっている自分の姿を恵那に見せようと思っていたからなのは言うまでもない。お金を返すため、年齢を偽って道路工事のアルバイトに潜入。夜中は働きづめだったという。

だからみるみるうちに痩《や》せてきていたのだ。

寝不足が続いたため、バイクを運転しながら眠ってしまい、転倒したのがきのうのこと。幸いケガはなかったものの、起き上がると前歯が一本なくなっていたのだという。

歯と歯の間にガムテープを貼ったり、隙間を埋めようとラップで巻いてみたり、いろいろ試してはみたものの、音は戻らなかったらしい。

「みんな、ごめんなさい。ううっ、うっ」

これまでどれだけ吹部のためにがんばってきたのか、みんな知っているだけに、誰ひとり八幡太一を非難するヤツはいない。横に座るトロンボーンの長渕詩織先輩が肩をさする。

「もうすぐ、もうすぐ、恵那は手術をするんだ。なんとか力になりたくて、励ましたくて。がんばったつもりだったんだけど……。でも裏目にでちゃった。ううっ」

恵那凛の心臓発作はやはり先天的な心疾患《しっかん》が原因だった。生まれつき右心房と左心房の間に穴があり、肺から左心房へ戻ってきた酸素のたくさんついた赤い血液が、穴をとおって再び右心房・右心室・肺へ行ってしまう病気なのだという。

八幡に言わせると心臓がムダに働いているような状態らしい。このまま放っておくと不整脈に悩まされたり、心不全になって日常生活もおぼつかなくなる可能性があるため、近々カテーテルをつかって穴をふさぐ手術をする予定になっているとのことだった。

「戻ってくるまでオレが吹部を精一杯盛り上げておく。だから安心して手術を受けてこい」

こう言って励まし続けたのだという。

「差し歯はいつできるの？」

ミタセンは優しく尋ねる。

「授業をサボって朝からいろんな歯医者へ行ったんですけど、ううっ、どこへ行っても一週間はかかるって言われて……。ううっ、ううっ」

間に合わねえじゃん。

絶望的な空気が広がった。

八幡はトランペットで一番高いパートを吹くファースト担当。しかも今回の曲ではソロも任されている。いわば吹部でもっとも目立つ役割を担っているのである。

ところがミタセンは静かに言った。

「一週間でできるんだったら、都大会は間に合うね」

予選は突破するつもりでいるのだ。

それにしても誰が代わりに吹くというのだろう。

全部員の視線がトランペットパートに集中する。

実力的には清水真帆が抜けている。誰が聴いても明らかだ。

いくらなんでも初心者の一年生では荷が重い。

ただし彼女はミタセンからファーストに変わるよう命じられた際、登校拒否騒ぎまで起こした人物だ。受け容《い》れるとは思えないのだが……。

ミタセンは優しく尋ねた。

「どうする清水さん。もしやってみたいのならお願いするんだけど。ムリにとは言わないよ」

清水真帆は震えていた。下を向いたまま固まっている。仲のいい鏑木沙耶は思わず立ち上がる。しかしなんの声もかけられない。

「……わたし、わたし、やります。やります。八幡くんの代わりにはなれないけど、がんばってみます」

消え入りそうな声だったけど、はっきりとそう答えた。

「よし、八幡くんは清水さんにマンツーマンで自分のパートを教えてあげて。ふたり以外で合奏を続けるよ。じゃ、最初から。ワン、ツー、さん、しっ」

十一

八幡の衝撃的な告白があった日も練習は十時過ぎまで行われた。

帰り際になってようやく副島奏、大磯渚とともに清水真帆を取り囲む。

「大丈夫？」

三人ともそれ以上、真帆にかける言葉が見つからない。極度のあがり症だけでも心配なのに、残り二日でソロを含む新たなパートをマスターしなくてはならないのだ。

「自信なんか全然ないの。でも、もしわたしが受けなかったら一年生に押しつけることになるでしょ。さすがにそれはできないよ。いままで教えてきた立場なんだから」

「でも……」

「がんばるしかないと思う。絶対に失敗できない。だってわたしが失敗したら八幡くんのせいになる。病気と闘ってるエナリンのためにもやらなきゃダメ。もう逃げられない。逃げちゃダメなの」

真帆はほとんど自分に言い聞かせているような口調だった。悲壮な決意がこちらまで伝わってくる。

あれほど戦うことはイヤだ、目立たないところで静かに生きていきたいと言い続けていた真帆が、吹部のピンチを救うために立ち上がってくれた。もちろん自分の演奏だって心配だけど、真帆にだけは失敗して欲しくない。

わたしたち三人は彼女のためになにができるか話し合った。


八月十四日は快晴だった。

おかあさんは制服にアイロンをかけてくれた。

「行ってきまーす」

集合時間にはまだはやいけど、家を飛び出す。

嫌いなはずの新興住宅街が早朝の日ざしに照らされて光っている。今日も暑くなりそうだ。

校門への坂を上がろうとしたところ、校舎ではない方向へ歩いて行くミタセンの姿が目に入る。追いかけてみた。

「先生、どこへ行くんですか？」

「おー、鏑木さん。お参りだよ。願掛けに行くんだ。いっしょに来るかい？」

ている。

学校は新興住宅街の縁《へり》の部分に建っていて、その裏側には小さな神社が社殿を構えている。

「はい」

セミしぐれに囲まれながら、細い階段を上がって境内に入る。

「先生ってクリスチャンじゃありませんでしたっけ？」

「まあ、ママに言われて洗礼はしてるよ。でも神社仏閣も好きなんだ」

「へー」

二人並んで拝殿で手を合わせる。祈ることはただひとつだ。

「しっかりお祈りした？　神さまに頼むといろいろ願い事がかなうんだよ」

なにやら思わせぶりな様子で笑ってみせる。

いっしょに校舎へ向かって歩きながら聞いてみた。

「先生は八王子で生まれたんですか？」

「そうだよ。市内しか住んだことがないな」

「わたしもそうなの。先生はこの街が好き？」

「うん、好きだよ。鏑木さんは？」

「あんまり好きじゃないな。だって新興住宅街って、どこまで行っても同じで個性がないでしょ。お盆になると帰る田舎のあるひとがうらやましいなっていつも思ってるの」

「田舎って言うけど、行ってみると、どこだって大したことないよ。田園風景でもよく見ると近所に高速が走ってるし、国道沿いには量販店があるし、八王子と変わんないよ」

「そっかなー。でもニュータウンって薄っぺらくって」

「そんなことないよ。もう街ができて何十年も経っている。時間が経つと街にも厚みが出てきてる。ひとの匂いが根づいてる。鏑木さんが気づかないだけだよ。それにニュータウンのはずれにはこんな風に神社もあるだろ。もしかしたら何百年も前からあった神社かもしれないよ。街の片隅にはそんな歴史が埋もれてる。八王子には花街もあるし、古戦場だってある。足もとをよく見てみたら、表情は豊かだよ」

「なるほどね」

確かに清水真帆の家のあたりなんか、古い横町の趣《おもむき》があった。もっと自分の住む街に目をとめてみないといけないのかもしれない。

荷物を積み込む前に全体ミーティングを開き、もう一度、時間厳守を徹底させる。

一日に二十校もの学校が演奏しなくてはならないので、出場校にはあらかじめ細かいスケジュールが決められている。演奏時間だって課題曲と自由曲を合わせて十二分以内となっていて、一秒でもオーバーすると失格になってしまう。

わたしたちの場合、九時三十五分受付、九時五十分集合、十時五分から十時三十分までチューニング、そして十時四十五分から演奏ということになっている。

「この時間を頭のなかに叩《たた》き込んでおいてください。前の学校が終わったら、すぐセッティングに入ります。もう一度、段取りを頭のなかに入れておいてね。質問ありますか？」

八幡太一が手を挙げた。本番には欠場するものの、荷物の積みおろしや打楽器の搬入などの裏方をいっさい取り仕切ってくれることになっている。

「じつは今日の午後二時から恵那が心臓の手術をすることになりました」

「えー、そうなの？」

みんなはどよめいた。

「凛は吹部のみんなが闘うんだから、わたしもがんばるって言ってます」

一年の小早川聡美も立ち上がる。

「本当は禁止されてるんだけど、会場の一番前でＰＣＭレコーダーに録音して手術前の恵那に聴かせようと思っているんだ。どうだろう？　オレがバイクで届けるからさ」

再び八幡が問いかける。

「つまりオレたちが最高の演奏をして、恵那にパワーを与えるってわけね」

西大寺が言うと、

「おもしれえな。それ」と加藤蘭先輩が受ける。

誰ひとり異論はない。

ミタセンはただニヤニヤしているだけだった。

府中《ふちゆう》の森《もり》芸術劇場に着くと、もう会場はひとでいっぱいだった。

制服を着た学生はもちろんのこと、各学校の父母会関係者やOBたち、教職員などで「どりーむホール」へ向かう通路はごったがえしている。

受付時間までまだ少しあるなと思っていると、ミタセンが声をかけてきた。

「鏑木さん、二階の3Cの部屋で閉会式のチラシをもらってきてくれないかな？」

「はい」

みんなと別れて階段を上がる。おかしいな。いまさら新しくもらうものなんか、なかったはずなのに……。

隅っこの方にある小さい部屋にようやくたどりつき、

「失礼します」

と言って扉を開ける。狭い部屋には男のひとがポツンと座っていて、ほかには誰も見当たらない。

「あのー」

声をかけようとしてハッとした。

わたしはこのひとを知っている。

驚きのあまり言葉が出てこない。

会ったときのことは何度も何度もリハーサルをしていたつもりだった。言いたいこと、聞きたいこと、ともに山のようにあった。

「おかあさんがどんだけ苦労したか知ってるの」とののしるつもりでもいた。

でも、からだからこみ上げてくるのは、ただ懐かしいひとといった想いだけ。

あなた。あんた。そちらさま。おたく。鏑木さん。

どう呼んでやろうかといつも考えていたそのひとは、泣きそうな顔をしてこっちを見つめている。

絶対に言わない、絶対に言ってやらないと思っていた言葉が自然に口から洩《も》れてしまった。

「おとうさん」

受付に走って戻るとちょうど九時三十五分だった。

「どうだった？」

きのう見た映画の感想でも聞くかのようなミタセンの口ぶりだったので、思いっきり背中を殴ってやった。

「それどころじゃないでしょ」

みんながビックリしてこっちを見る。

本当は心臓の鼓動が聞こえてきそうなほどだったんだけど、切り替えなくてはいけない。というか、これからも別の意味で心臓に負担のかかる一大イベントが待っている。

大丈夫なのか、わたしの心臓。

「どないしたん、いったい？」

なんでも知りたがる副島奏が尋ねてきたので、

「おとうさんに会っちゃったんだ」

と小声で明かすと、

「ふーん、そうなんや」

と答えるだけで、いつものように鋭く突っ込んでこない。奏にはわたしの家庭の事情をすべて話してあるので、やっぱり緊張のあまり心ここにあらずといった感じなんだろう。

案内された部屋に荷物を降ろし、楽器を組み立てる。パーカッションはトラックから舞台袖《そで》に楽器を運ぶので別行動だ。

ここらあたりからみんなの口数が少なくなってくる。

加藤蘭先輩がツバ抜き用のタオルを落としたので拾い上げ、

「先輩、はい」と言って渡したのだが、

「ありがとう」蘭先輩の受け取る手は震えていた。

泰然《たいぜん》としているのは本番慣れしている西大寺ぐらいのものだろう。

清水真帆の姿を探すと、やっぱり隅っこで歯をカチカチ鳴らしていた。

副島奏、大磯渚といっしょに話しかける。

「きのう、ちゃんと眠れた？」

「一睡もできなかった」

「わたしも」

「ウチも」

「じゃあ、みんな徹夜だね。本番でいっしょに寝ちゃおうか。じつはね、みんなで真帆にお守り持ってきたんだ。じゃあ見せるからね、いっせーのー、はい！」

三人で作ってきたものを真帆に披露した。

わたしのはフェルトで作った真帆のお人形。まっすぐの前髪でわれながらそっくりだと思う。奏が作ってきたのはリアルなお守り。ラメ入りの生地でできていて、本当に御利益《ごりやく》がありそうだ。渚はマキロンBの主人公ラムラちゃんの強そうなキャラクター人形だった。

「ありがとう。絶対に肌身離さず持っとく」

真帆は三つのお守りをしっかりと握りしめる。

リハーサル室に入るとさっそくチューニングだ。

ミタセンがこぼれるような笑顔で話しかける。

「よく指揮者がオレについてこいって言うでしょ。もちろん指揮者はついてこいって思ってるし、演奏してるひとたちだってついていこうと思ってると思うよ。でもそれだけじゃないんだよね。ボクだってキミたちについていっているんだ。次にこういう音をくれるだろうな、こういうリズムで来るだろうなって信じて振っている。キミたちにからだをゆだねてる部分もあるんだ。だからキミたちもボクについてきてね。なに言ってんだかよくわかんないね。ははは」

リハの時間はあっという間に過ぎ去った。

コンクールでは舞台袖で前の学校の演奏を聴かなくてはならないことになっている。しかも楽器を持ちつつ、薄暗いところで立ったままの状態なのだ。

私立華明《かめい》学園高校吹奏楽部の音はわたしたちを圧倒した。

都大会には必ず勝ち上がってくるような学校なので、うまいとは聞いていたものの、クリアで深くてしかもパワーに満ちあふれている。

こんな学校と戦わなくてはいけないなんて。

暗がりのなか、みんなの緊張はより一層高まった。

そのときミタセンがいたずらっぽい声でささやいた。

「この世で音楽が一番美しく聴こえる場所ってどこだか知ってる？　演奏を待っている舞台袖なんだよ」

このひとことで部員は少し落ち着きを取り戻す。

待っている間、わたしたち三人はずっと真帆の背中をさすり、手を握り続けていた。震えが大きくなってくるたびに力強く握り返す。

前の高校への拍手が鳴り響く。いよいよわたしたちだ。

舞台に入って客席を見る。

二千席がほぼ埋まっているので驚いた。吹奏楽の根強い人気は聞いていたものの、こんなにひとが入っているとは。明るいライトに照らされた部員たちの顔はいずれも真っ白で、緊張の色は隠せない。

ティンパニーの搬入を手伝う八幡太一が小声でみんなを激励する。

「プログラム六十一番、都立浅川高等学校吹奏楽部。課題曲Ⅲに続き……指揮は三田村昭典です」

拍手を浴びながらミタセンはひょいと指揮台にのぼった。

吹部の部員を子どものような笑顔で一人ひとり見まわす。

この男だけはまちがいなく緊張していない。

わたしはマウスピースに口をつけた。

会場にいるあのひとに想いを届けよう。

ミタセンのタクトは重力に従うかのように下ろされた。

いける。

縦がバッチリとそろい、トランペットとトロンボーンが軽やかにはねた。

心配していたピッチも合っている。

課題曲はマーチだ。木管と金管が交互にフレーズを交換しながら弾むようにテーマが進んでいく。途中のファゴットも軽快に入った。ホルンが吠《ほ》える。

髪の毛をくくって戦闘態勢に入った北川真紀のシロフォンは今日も見事に転がり、榊甚太郎のティンパニーは軽やかだ。

とりわけ気になるトランペットはアンサンブルのなかにうまく調和していて、しっかりと音がでている。

わたしはひとりぼっちだった音楽準備室を思い出す。

いま、こうやってみんなで音を紡ぎ出せる奇蹟《きせき》を、いっぱいのひとが聴いてくれる喜びを、わたしたちがいまここにいる証《あかし》を、音に乗せるつもりで息を吹き込んだ。

届け、わたしたちの音。

届け、わたしたちの想い。

届け、本気の夢。

管楽器はわたしたちの息がそのまま音になる。息に想いを込めればそれはそのまま客席に届くはず。それはわたしたちの歌声だ。

一気呵成《いっきかせい》のクライマックスでわたしたちはひとつになり、ミタセンの動きはとまった。

課題曲は大成功。

さあいよいよ。

わたしたちの誰もが清水真帆にアイコンタクトした。

大丈夫、できるよ。絶対にできるって。

真帆はポケットに入れたお守りを握りしめて何度もうなずく。

右側に座る長渕先輩が真帆の耳もとでささやいた。

ミタセンの右手が上がり、全員が楽器を構える。

クラリネットとフルートの木管から優しく入る滑り出しは上々だ。

そこに西大寺のオーボエがからむ。アイツ、いつの間にこんな深い音色をだせるようになったんだろう。一段と腕を上げていやがる。よーし、わたしだって負けちゃいない。受けて立つわよ。

オーボエを受けたサックスの見せ場では大磯渚のツインテールが激しく揺れる。

渚も乗りに乗っている。

さあて、わたしは吹奏楽部の低音女子。

チューバ吹きにてござりやす。

そして今日はひとりじゃない。自己主張しがちなトランペットよ、孤高なオーボエよ、気品を誇るフルートよ。その隙間をわたしが埋めてやる。低音でひとつにつないでやる。

みんな暴れても大丈夫。

底の底から支えてあげる。わたしがみんなを包み込む。

狂おしい情熱を感じながら息を吹き入れた。

そして曲は表情を一転させる。

榊甚太郎のスネアが不穏な動きを予感させる。

だんだん真帆のソロが近づいてきた。そこではかなりのハイトーンをひとりで吹きらなければならない。

いよいよだ。がんばれ。心のなかから声を送り続けた。

風雲急を告げるトランペットが闇夜に鳴り響く。

でた。見事にでた。

続くソロパートも寸分の狂いなく奏でられる。
乗り切った。真帆やったよ。心のなかで何回もガッツポーズをする。
不協和音がとどろいて、暗い景色の道をさまよい歩く。
やがて混沌《こんとん》から歓喜の祝祭へと展開する場面になった。
すべてのパートが炸裂《さくれつ》する。
あっ、ミタセンが飛んだ。
トランペットが高らかに攻める、トロンボーンが続く。
またしてもミタセンが飛んだ。
みんな唖然《あぜん》としながら手を休めない。
わたしは五臓六腑《ごぞうろっぷ》からすべての息を集めてマウスピースに注ぎ込む。
わがチューバよ、ドンちゃんよ。はらわたの熱気で溶けるなよ。
ミタセンはわたしたちにすべてを投げ出している。わたしたちのすべてを信じてる。
ああ、終わっちゃう、終わっちゃう。
音が溶けてく、ひとつに溶けてく、わたしたちはひとつになる。
とても心地よい境地へ。
終わったあとの残響。

一瞬の沈黙。

遠くの方から耳に届く拍手によって、ようやくわれに返る。

全員がスクッと立ち上がり、ミタセンは思いっきり頭を下げた。

からだの震えがとまらない。

「ただいまの演奏は都立浅川高校……」

呆然《ぼうぜん》としながら場内アナウンスを背に舞台から袖《そで》へ引き揚げようとしたときのこと。

「キャー」

「真帆、しっかり」

悲鳴で正気に戻って振り向くと、真帆が椅子の上で白目をむいて失神しているではないか。

みんなで抱えて引きずりあげ、舞台袖からそのまま通路にでる。

気がついた真帆のふぬけた顔を見てみんなは爆笑する。

「あっははは」

「はっはっは」

心の底から笑った。みんな底抜けに笑ってた。

「バカみたい、なに、はっはっはっ」

笑ってるけど、顔は濡《ぬ》れてる。

どうしてなんだろう。笑ってるけど涙はこぼれてくる。

やがて笑い声が悲鳴に変わる。

「うー、うっうっ」

真帆も渚も奥谷先輩も、みんな抱き合って泣き出した。

長渕先輩はメガネが曇って真っ白だ。副島奏はずり落ちたカチューシャを鼻に引っかけていることに気づかない。泣きすぎてマスカラが落ち、パンダ状態になった蘭先輩が輪のなかに飛び込んできた。急に周囲がシャネル臭くなったけど、今日だけは構わない。

離れたところで西大寺が天を仰いでいる。

八幡はみんなの肩を叩《たた》いたあと、レコーダーを高く掲げて走り去っていく。

成績発表は午後五時からだった。

本来なら代表者二名だけ残っていればいいのだが、誰ひとり帰る部員はいない。

それまでの時間、だらだらとみんなでお昼を食べ、木陰でしゃべったり他校の演奏を聴いたりして過ごした。

毎日練習漬けだったので、ひさしぶりの休日気分だ。

夕方になると、わたしは表彰式へでるため、長渕先輩とともに集合場所に集まった。ほかの部員たちは全員「どりーむホール」の観客席に入り、前方の空いているところに固まって座った。

「それでは成績の発表に移りたいと思います。金賞と銀賞は聞き取りにくい場合がございますので、金賞の場合はゴールドをつけさせてもらいます。それでは八月十四日A組。大会四日目になります。五十八番」

つぎつぎと高校名が読み上げられ、代表が一組ずつ壇上に歩いていく。

「六十番、私立華明学園高校、銀賞」

わたしたちの前にあれだけ素晴らしい演奏をした華明が銀だった。

あのレベルでも金が取れないなんて。

「六十一番、都立浅川高校」

わたしと長渕先輩はスローモーションのように舞台袖から壇上へと歩き出す。

目をつぶり、手を組んで祈っている部員たちの姿が目に入る。

「ゴールド金賞」

「キャー」

「やったー」

わたしは賞状をもらい、長渕先輩が大きなトロフィーを受け取った。出てきた方とは反対側の舞台袖に進みながら、冷静なはずの長渕先輩がみんなに向かって右手で高々とトロフィーを掲げ、左手はレスラーのようなガッツポーズをしている。

ただし、これはまだ第一関門を通過したにすぎない。

吹奏楽関係者以外にはとてもややこしい話なのだが、金賞を取った学校がすべて上の大会に行けるわけではないのだ。

金賞を取ったなかから、さらに上の大会へ進む高校を決める選別がある。だから金賞にもかかわらず選に漏れ、いわゆる「ダメ金」に終わる可能性も残っているのである。

長渕先輩とわたしもみんなのところに加わった。

すべての学校の表彰が終わったあと、ざわめいていた会場がもう一度静まり返る。

「それでは東京都大会への推薦校をご紹介したいと思います」

みなの息が詰まる。

「――六十一番」

「キャー」

「都立浅川高校」

もう一度、歓喜の涙でみんながもみくちゃになった。今度は榊甚太郎も西大寺も男女の区別なく抱き合った。

「真帆、ありがとね」

「よくやったね、真帆」

みんなが泣き崩れる彼女をハグするために集まってくる。

今日はいったい何回泣かなきゃなんないんだろう。

わたしの携帯が震えた。八幡太一からだ。

ＬＩＮＥを開けてみると、

〈恵那の手術は無事成功。吹部の演奏のおかげだっておかあさんが言ってたよ。予選の成績はどうだった？〉とあった。

「みんな、エナリンの手術もうまくいったって！」

「やったー」

とにかくうれしいことだらけ。

かわいそうだから八幡にも返事しといてやるか。

〈エナリン復帰待ってるよ！　そう伝えといて。今日の吹部は祭りだわ。泣いて泣いて泣きまくりました。ふたりがいなくてチョー残念。さて、お待ちかね、本日の結果はというと……都大会がんばろうね〉

十二

喜んだのはその日だけ。

都大会出場を決めた翌日からさらに厳しい練習がスタートした。

もちろんオレもそれが当然だと思っている。

次のコンクールを突破して全日本へ行くためには数段のパワーアップが必要だと誰しもが知っている。

ただしミタセンはあまり怒らなくなった。

あいかわらず細かい部分にはこだわるものの、

「うん、いいんじゃない」

「そーだね。そんな感じ」

と物静かにほめることすらある。

吹部の音を決定的に変えたのは加藤蘭先輩がさりげなく言った次の言葉だった。

ミタセンが何度も同じ場所で演奏をとめ、なにやら考え込んでいたときのことである。

「ここってさぁ、いままで1番クラの外声パートばっかりに気を取られてたけど、3番クラとアルトクラのやってる内声がフワーっと浮き出てきたら、もっと立体的に聴こえるんじゃねえの？」

この発言には吹部の部員たちも息をのむ。

音作りに関してはミタセンにお任せだった。

いままではミタセンのスケジュールノートにあるイメージに、なんとかついていくので精一杯だった。

それだけに、こちらから音について具申するなど想像だにしなかったことなのである。

しばらくの沈黙ののち、ミタセンが口を開いた。

「そーね、それもいいかも。じゃ、試しにやってみようか」

加藤蘭先輩の提案にそって演奏してみた。

曲がとまるとみなの視線はミタセンに集中した。

すると、

「うん、これで行こう。こっちの方がおもしろいや」ミタセンはあっさり採用してしまったのである。

この小さな事件は吹部の部員に衝撃を与えた。

「わたしたちも音づくりに参加していいんだ」

みんなは知ってしまった。

今度はみずからがだしたい音を一人ひとり模索しはじめたのである。

「ここってこういうイメージじゃない？」

「このスタッカートだけどさ、こうした方が良くない？」

部員たちは勝手にディスカッションを繰り広げるようになってくる。

そして合奏ではさまざまな提案がだされるようになった。

ミタセンはいちいちしっかりと耳を傾け、とりあえずは試してみてくれる。うまくいったものは採用。ダメなものでもどこが良くなかったのかの説明を欠かさない。

こういう流れになると、部員たちに大きな変化があらわれた。

自分の演奏する音が曲全体のなかで持つ意味を、真剣に考えるようになってきたのである。なぜその音をこのように演奏するのか自分で説明できるようになってくる。

個人個人の成長はそのまま合奏にあらわれた。

吹部の音は日に日に鋭さや豊かさを増していく。

進化しはじめたと言っていい。

合奏中にミタセンが小さく飛ぶことすら生じるようになった。

するとみんなは自分の演奏でミタセンをもっと指揮台から飛ばしたくなってくる。

飛べ。

舞い上がれ。

空高く。

そう念じて楽器を奏でるようになる。

ミタセンがオレを吹部へ誘うときに言った言葉をいまさらながら思い出す。

「思春期の生徒に金管や木管をやらせると、奇蹟《きせき》の起きるときがあるんだ。ある程度の才能があって、死ぬほど努力すると、信じられないことが起こる。突然、音が変わるんだ。きのうまで石ころだったものが、気づいてみると宝石になっている。いろんな生徒が自分の音を発見していく瞬間に立ち会うことは、キミにとってもそんなにわるいことではないと思うよ」

今後オレがどんな音楽人生を歩もうとも、ひとつの曲を同じメンツでこれほど何回も練習することなど二度とないだろう。

確かにオレたちは未熟で経験もなく表現力に乏しい。

でもたった十二分間の曲について、とことんまで考え抜き、毎日同じメンバーで朝から晩まで何ヵ月にもわたって練習すると、どんなプロもたどり着けないようなレベルに達することがある。

オレは濃密な音楽体験のさなかにいる。

みんなに負けないよう自分の音を見つけよう。


九月に入り新学期になると恵那が登校してきた。

カテーテル手術がうまくいき、心臓にメスを入れる必要がなくなったので、こんなにはやく戻ってくることができたのだという。

鏑木沙耶の発案でサプライズを用意した。

音楽準備室に「エナリン復帰おめでとう」と横断幕を張っておき、放課後になって入ってきたとき、いきなりミタセンが花束を渡す。

「えっ、えっ、どうして？」一瞬の戸惑いののち、恵那は号泣した。

親友の小早川聡美が、

「おかえりなさい」と言って駆け寄っていく。ストッパーが帰ってきたので、もう小早川も暴走はしないだろう。

忠実なるオレのしもべである八幡太一は、恵那と付き合いはじめたことを、こっそり報告してきた。

「おまえのストーカー愛が実ったんだな」

イヤミを込めて言ったつもりだったのだが、

「いやー、それほどでも」と照れている。

あいかわらずアホなヤツだ。

最初のコンクールが終わってから吹部のみんなは変わりはじめた。

なんの意志も持ち合せていないと思われていた藤崎省吾をはじめとする一年男子三人組が、加藤蘭先輩の親衛隊を結成したのである。

いままでいつもお互い向き合って話していたヤツらが、今度は親ガモになびく子ガモのように、

「蘭せんぱーい」とひっついていくようになってきた。

当の蘭先輩はポーカーフェイスを崩さないが、まんざらでもない様子。

でも仲のいい長渕詩織先輩によると、蘭先輩の内面にも大きな変化があったらしい。

「ちょっと、西大寺、すごい話があるの、聞いて聞いて。あのね、なんと蘭が禁煙し

はじめたのよ」

「あの、それってすごいことなんすか？」

「すごいってもんじゃないわ。大変なことよ。なにせ蘭の主食だったんだから」

不定期ではあったけど、オヤジとのレッスンは続けていた。

オレのために、アメリカで主流のロングスクレープから国産の材料をつかったものまで、いろんなタイプのリードを自作してくれる。

吹き比べてみるとまったく音色が違い、いまさらながらオーボエという楽器の奥深さを実感する。

家のなかにふたたび音楽が流れるようになったからか、母親はすこぶる機嫌がいい。夕食の品数も増えたと思う。

庭の花壇ではゼラニウムやベゴニアの苗が揺れている。オヤジが植えたらしく、間隔がそろってなくて、あまり美しくない。いままでは亭主関白でふんぞり返り、家のことなどいっさい手を付けようとしなかったのだから、その努力は認めよう。

都大会までちょうど一週間となった日曜日、オレはオヤジにこう伝えた。

「いろいろ考えたんだけど、やっぱり真剣に音楽に取り組もうと思ってんだ。もちろんオヤジのためじゃなくて、自分自身もう一度、本気で音楽に向き合わなきゃダメだと思いはじめたからだよ。バイオリンも再開したい。かなりブランクがあるから取り戻せるかどうかわかんないけどね。進路に関しては音大へ進みたいんだ。バイオリンがダメならほかの楽器でも、指揮でも楽理でも作曲でもなんでもトライするつもり。バイトはするし奨学金ももらうつもりだけど、足りなければ金銭的に迷惑をかけるかもしれない。なんで……よろしくお願いします」

オヤジは興奮しているのか真っ赤になっていた。オレの言葉にいちいちうなずいている。

「本当のところ音楽で食っていく自信なんかないよ。でもとりあえず、とことんまでやらないと次に進めないいんだ。もし音楽で壁にぶちあたったら、そのときはそのとき。とにかく行けるところまで行ってみようと思うんだ」

なんとか言いたいことを言えて脱力する。やっぱり緊張していたみたいだ。

「それにしても三田村先生ってひとは本当にすごい方だな」

「うーん。すごいかな。どうだろう。変わったひとだね」

「いや、すごいよ。吹奏楽部を都大会までもっていくと思えば、おまえという生徒を音楽的にも人間的にもこんな短期間で成長させてくれたんだろ」

「どうかな」

オヤジはあれからもミタセンと連絡を取り合っているらしい。近々関東フィルとの交流もはじめるという。変人どうしなので、ずっと音楽の話しかしていないのだろう。

「それより宏敦、聞いて欲しいことがあるんだ。ずっと考えてたウチのオケの再建策なんだけど、ようやく骨子がまとまった。確かに坂下知事のやりかたは一方的だし、荒っぽすぎるとは思うんだ。でも最近は言っていることがすべて間違ってるわけじゃないと思うようになってきた。オケが経済の原理だけで運営できるものだとは考えていないけど、言われるとおり甘えてきた部分もあったと思うんだ。ボクたちは芸術家だ、芸術をやっているという思いが強すぎるあまり、自ら作った芸術という殻のなかに閉じこもってきたという側面もあるんじゃないか、ようは一般のひとから離れすぎていたんじゃないかと思うんだ。だから坂下知事が『補助金を大幅に減額する』と言い出したとき、われわれの味方をして、『そりゃおかしいよ』と助け舟をだしてくれるひとが予想外に少なかった……」

オヤジは狂ったように話しはじめた。聞いて欲しくて聞いて欲しくてたまらないようだ。

あいかわらず不器用なひとである。

相手の顔色を見て話をするということができていない。

でも、まあ、そういうところもオヤジらしくていいかもと思えるようになってきた。

「だからなによりもまず一般のひとたちのなかに、われわれから入っていかなくちゃならない。ホールでやるだけがオケじゃない。小さなアンサンブルでも呼ばれたらどこへでも行く。公民館でも老人ホームでも商店街でもとにかく出ていって聴いてもらう。どうせこのままじっとしてたって、座して死を待つばかりだ。それならやけくそでもいい、倒れるまで演奏し続ける姿を見せることこそ芸術家なんじゃないか……」

オヤジの熱弁はとまらない。

少しおかしくなってきた瞬間、ふと気づいたことがある。

この不器用なとこはオレもいっしょじゃねえか。

音楽のこととなると周囲が見えなくなる。思ったこと、考えていることがそのまま表情にでてしまう。ひとりでいるのが好きだけど、とてもさびしがり。プライドが高いけど、じつは折れやすい。神経質なくせにすぐ興奮する。

似てる。似ている。

残念だけど、オレはこのひとにそっくりだ。このひとの子どもなんだ。

オレはオヤジの顔に目を注いだ。
もはやなにも聞こえない。
熱く語り続けるオヤジの顔を、飽きることなく見つめるばかりだった。

十三

コンクール予選で吹部に起こったできごとは、くまなくおかあさんに話してあげた。

真帆が気絶した話は大ウケ。

「すごいね。ミラクルだね」を連発していた。

でもひとつだけ伝えなかったことがある。

おとうさんに会ったということだけは……。

短い時間だったけど、あんまり言葉は必要なかった。

お互い近況を伝えあっただけ。それで十分だった。

次の日にはノルウェーに戻ると言われたから、「じゃあ、またね」と手を振って部屋をでたんだけど、そのときの表情は印象に残っている。静けささえ感じさせる端整な横顔だった。

都大会をめざして練習するなかで、みんなはどんどん変わっていった。

とにかく仲が良くなり、あちこちでおしゃべりが絶えない。

ひととひとの距離が近くなった。

そしてポツポツと恋も芽生えるようになってくる。

八幡とエナリンが付き合いはじめたと聞いたときは、まあわからないでもないと思ったものだ。しかし榊甚太郎が、同じくパーカッションで鍵盤《けんばん》打楽器を担当する北川真紀とラブラブだと知ったときには、さすがに驚きを隠せなかった。五ヵ月前までは「ひとり軽音部」だったはずなのに、いつの間にやらかわいい彼女まで作ってしまうとは……。

現国で習ったばかりの言葉が頭のなかでこだまする。

「蓼《たで》食う虫も好き好き」

さっそく北川真紀にインタビューしたのは、もちろん、お騒がせレポーターの副島奏だ。

「甚太郎の音楽一筋のところがシブいんやって。確かに楽器はうまいんやけど、それにしても、あのふたりはなにをしゃべっとんのやろ？」

そんなある日のこと、エナリンの親友である一年クラの小早川聡美から呼び出された。

下級生に呼びつけられるわたしって、と思いながらも行ってみると、

「部長は西大寺先輩と付き合ってるんですか？」

いきなり尋ねられる。

「いや、まさか。幼なじみだし、家も近いけど、ついこの前まで四年間口も利《き》いたことがなかったんだよ」

「そーなんですか」

腑《ふ》に落ちない様子だったので、

「どうしてそう思ったの？」と尋ねてみる。

「西大寺先輩が部長を見る目つきはほかのひとを見る目と違うから」

「まさか」

「一年女子はみんな言ってます」

「もしかして西大寺って人気あるわけ？」

「知らないんですか？　一年吹部女子のなかでの『彼氏にしたいアンケート』で百パーセント近い得票率だったんですよ」

その数字を聞いて一瞬は驚いた。そんなに人気があるとは知らなかった。

しかしよくよく考えてみると、西大寺のほかには榊甚太郎、八幡太一、そして藤崎

省吾をはじめとする一年男子三人組しかいないんだから、まあそういう結果になるだろう。西大寺は背が高くスポーツ万能でスタイルもいい。

「わたし西大寺先輩にコクってもいいですか？」

「え？　う、うん、がんばってね」

小早川聡美はとにかくまっすぐな女の子だ。思った通りに行動しないと気がすまないタイプらしい。

「失礼しました」

ていねいに頭を下げて、帰っていく。

西大寺のことは気になっていた。

最近、話をしていて引っ越してきたころのアイツに戻っているように感じていた。横顔を見ていてドキッとするときもある。

あーあ、小早川聡美みたいにまっすぐ進む勇気があったらな。

乙女の悩みはつきない。

わたしたちが色気づいていくなか孤高を保っていたのが大磯渚である。

みんなの恋バナにはまったく興味をしめさない。

同じクラスになったときには取っつきにくいと思っていたけど、最近は本当によく話すようになってきた。もっともいつの間にか必ずアニメの話になってしまうのはあいかわらずである。

先日は彼女の秘密を聞かされた。

「あのね、あのね、絶対に誰にも言っちゃダメだよ。言わないよね。あのね、あのね。わたしホントはレイヤーなの。キャー言っちゃった」

「レイヤーってなに？」

「あっ、あっ、あの、これ、これ見てもらえればわかると思う」

差し出された写真は人気アニメ・マキロンBのヒロインであるラムラに扮《ふん》し、決めポーズをとっている大磯渚のものだった。

ふだんは控えめでおとなしいのに、写真のなかで緑色のカツラをかぶった渚は、とてつもなく鋭い眼光でこっちをにらみつけている。

「ああ、レイヤーってコスプレイヤーのことなのね」

「うんうん」

マキロンBは核戦争で崩壊しかかった地球が舞台となっている。ふたりの女性ミュージシャンが音楽の力をつかって地球侵略をもくろむ敵の宇宙船団と戦うのだ。

天才的ギタープレイヤーである金髪のイーマ・シェリーと、じつは太陽系外の星にルーツを持つ緑色の髪をしたサックスプレイヤー・ラムラが、ともに音楽を奏でることによって、戦隊ロボットを操縦する。音楽のクオリティやパワーが落ちるとロボットの戦闘力も弱くなってしまうので、主人公たちは常にハイレベルな演奏を求められて苦悩する。

こんな解説をしてるけど、実のところは見たことがない。毎日渚から聞かされるもんだから物語を覚え込んでしまっている。

コスプレ写真を見せてもらった際、以前からどうしても聞いておきたかったことを尋ねてみた。

「渚はいつも演奏のときに頭を振ってるけど、なにを考えてるの？」

「えー、もちろんラムラになりきって戦ってるんだよ」

「吹部で演奏しながら、脳内では戦闘してるんだ」

「そうだよ。だから部活が終わったら、いつもくたくたなの」

コンクールの自由曲に対する渚の解釈は壮大だ。

曲の中盤で榊甚太郎のスネアが不気味なリズムを刻み、暗闇のなかトランペットが鳴り響くところは、彼女によると、敵の宇宙船団に攻められて地球が絶滅の危機に瀕《ひん》している場面なのだという。だから渚はあのパートであんなに苦しそうな顔をしながら演奏しているんだと得心《とくしん》がいった。

後半の歓喜の部分はまさに敵を打ち破っていくシーンなのだという。なるほど最大限に揺れるわけだ。

吹部のみんなは奏でる音にさまざまな自分の想いを託している。

でも地球を救うために戦っている娘《こ》がいるとは思わなかった。

渚はとっても想像力が豊かで夢見がちな女の子なのだ。同じクラスになった際、苦手だなんて思ったことが、いまとなっては申しわけない。

「今度、マキロンBのブルーレイ、貸してもらってもいいかな？　わたしも観てみたくなっちゃった」

「えー、ホントに、ホントに、キャー、うれしい。えとえと、テレビアニメ版と劇場版が二つあるんだけど、どれを持ってこようかな。うーん悩ましい」

ノルウェーにいるおとうさんとは何度かメールのやりとりをした。

どうやって伝えるか、いろいろ考えてから、ようやくおかあさんに報告する踏ん切りがつく。

「あのね、この前おとうさんに会ったのよ」

まっすぐに切り出すと、

「そうなの。良かったじゃない。あのひと元気そうだった？」

思ったよりおだやかな声。大丈夫、ちゃんと話せる。

「うん、想像していたより痩《や》せてたけど元気そうだった」

「好きになった？」

「うん、とっても」

「そーなんだ。ホント得な性格なのよね、あのひとって。好かれるタイプなのよ」

「わかる気がする」

「まあ裏表がないからね。なさすぎて困りものなんだけど」

「うん。そーなんだろうね」

「純粋なひとよ」

「おかあさんはおとうさんのことが好き？　それとも嫌い？」

「うーんとね。わたしぐらいの年になるとね、好きと嫌いがハッキリとは分かれていないものなのよ。大好きなものは大嫌いでもある。そういう風になっちゃう場合もあるの。好きと嫌いって正反対じゃないの。とっても嫌いだと、もしかしたらとっても好きの裏返しかもしれないし」

「ふーん」

「だから好きといえば好きかもしれないわ。でも世界で一番憎い人は誰って聞かれたら、まちがいなくあなたのおとうさんだわ。まあ最近気づいたんだけどね」

「むずかしいんだね」

「それにしても、あなたとこんな会話ができるようになったんだ。子どもは知らないあいだに大きくなっちゃうんだわ」

「わたしはおとうさんとおかあさんと、どっちに似てるんだろう？」

「このところ、吹奏楽部の部長として走り回っていたでしょ。あんなとこはわたしに似たのかもしれないわ。でもね、朝から晩までずっとチューバ吹いてたわね。ああいうのめりこむところは、おとうさんにそっくりだわ。わたしにはあんなことできないな。どちらかというと、あなたの繊細な気質はおとうさんに似てるんじゃないかしら」

「そっかー」

「でもあなたはあなたよ」

「あのね、おとうさんからノルウェーへ遊びに来ないかって言われてるの」

「いいじゃない。行ってらっしゃい。費用はわたしがだすわよ」

「おかあさんもいっしょに来て欲しいって」

「わたしはいいわ」

おかあさんはさりげなく背中を向ける。

「向こうで王立芸術家協会賞っていう、とっても有名な絵の賞を取ったんだって。王宮で展覧会があるからぜひ見にきて欲しいって言ってきてるの。わたしとおかあさんの分の招待状とチケットを送りたいんだって」

「でも会社があるからむずかしいわね」

「どんな絵を描いているか知ってる？」

「さあ、本当に移り気なひとだから想像もつかないな」

「こんなのよ。見てみて」

プリントアウトしたものをおかあさんの前に差し出した。

完全な具象とは言えないけど、どの絵にも三人の人物が描かれている。男のひとと女のひとと小さな女の子がひとり。

そのうちの一枚は、わたしがパスケースに入れて持ち歩いている写真とまったく同じ構図になっている。

おかあさんの背中が小刻みに震えた。

わたしは心を込めて伝えてみた。

「いっしょに行って欲しい」

しばらく絵を見つめたあと、

「そーね、まあ、行ってみてもいいかもね」

そして消え入りそうな声でつぶやいた。

「愛情表現がわかりにくすぎるんだから……」

都大会まであと一週間となった日曜日のこと。朝はやくから登校してチューバのチューニングをしていると、加藤蘭先輩がやってきた。

「ちょっと顔貸してくんない」

いきなり呼び出されてしまった。蘭先輩とふたりきりで話をするなんて初めてのことだ。なにか気に障ることをしてしまったのだろうか。

うながされるがままについていき、非常階段のところにふたりで座った。眼下には八王子の街が広がってる。

「言えなくなると困るからいまのうちに言っておこうと思ってさ」

無表情のまま静かに前置きすると、

「吹部を復活させてくれてホントにありがとう。感謝してる」

と言っていきなり頭を下げてきた。

なになになに。なにが起こったのだろう。蘭先輩、キャラがまちがってる。

わたしが驚きのあまり言葉を失っていると、蘭先輩はやっぱり静かに話しはじめた。

「つまんない高校だなーってずっと思ってた。正直言うと学校やめようと思ってたんだ。一、二年のことなんか全然覚えてない。このままなんにも起こらずに終わるんだろうなって……」

あっ、と思った。

その気持ちはわたしだっておんなじだった。なんの変化もない平凡な日常。つまらない学校。つまらないわたし。無力な自分がイヤだった。

「でもこの五ヵ月は思い出だらけだ。ウチの高校生活は吹部で塗りつぶされちゃった」

「わたしもいっしょです」

「ミタセンがノート書いてただろ。あれもウチを変えたんだ」

「なんて書いてあったんですか？」

尋ねてみると、蘭先輩は真っ赤になって、思いっきり恥ずかしそうに下を向く。こんな表情をするひとだとは知らなかった。きっと藤崎省吾をはじめとする一年男子三人組は、ふだんツンツンしている蘭先輩が、ときおりのぞかせるこんな素顔を見たくて追いかけ回しているのだろう。それにしてもマニアックなヤツらだ。

蘭先輩はようやく口を開く。

「えと、まず最初のところに『とても素直な音を持っている。性格がそのままあらわれているのだろう。このまままっすぐ伸びていって欲しい』って書いてあったんだ」

「そうなんですか」

「五月ぐらいに右手をいろいろ変えてみたりしてたんだ。ほら、ホルンって右手をベルのなか入れてるだろ。その右手をお椀《わん》の形にしてみたり、手の甲をベルにひっつけてみたり、ふさぎ方を変えたりいろいろやってみてた。ミタセンはノートにウチの右手の形の変化まで細かく書いていたんだよ。絶対に見えないはずなのにね」

「ノートのことではわたしもビックリしたことがあります」

「つたない工夫のこともちゃんとほめてくれてた。読んだとき、うれしかったんだ。この前の合奏のとき、ウチの提案を『おもしろい』って言って採用してくれたこと、あっただろ？」

「はい、あれで吹部の雰囲気がガラッと変わりました」

「ウチ、あんまひとにほめられたことがない。全然ないんだ、ほめられたことなんか。だからうれしかった。うれしくてうれしくて、あの日は眠れなかった」

「……」

「退部騒ぎのときもゴメンな」

「いえ、あれは西大寺が」

「あのときはむしゃくしゃしてたんだ。置いておいた部費をかあちゃんが使い込みやがった。新しい男に貢いじゃったんだ。その前の月も払ってなかったし、もうムリだなと思ってさ。やめる理由言うのも恥ずいし、キッカケを探してたとこだったんだ」

「そんなことが……」

「でも戻ってよかった。いまじゃ、やっと居場所ができたって思ってる」

「わたしもです」

「あのとき詩織が来てくれなかったら終わってたよ。もともと詩織とだってうわべだけの友だちだった。ウチとは住む世界の違う優等生だと思ってた。でも来てくれたんだ。二年間いっしょだったけど、腹を割って話したことなかったのにね。ホント感謝してる。そうそう、この前のコンクールが終わったあと、詩織が家出したの知って

ょうど良かったし」

「ウチんちから学校にかよってたんだよ。あんまかあちゃんが帰ってこないから、ち

長渕先輩は八月の後半も休まず練習に来ていたはずだ。

「まさか、だって」

る?」

「でもどうして家出なんか?」

「この前の予選までで、あとは受験に専念するっていうのが親たちとの約束だったんだって。夏期講習も取ってたって言ってた。両親が吹部をやめさせるって言い出したら、そのまま家をでちゃったんだ。こっちは話し相手がそばにいてくれて楽しかったんだけどね。弟や妹も『詩織ねーちゃん』って呼んで懐いてたしさ」

「そんなことがあったんですか。知らなかったです」

「ちゃんとした家でうらやましいと思ったこともあるけど、期待されるっていうのは大変なんだなっていうのがわかったよ。吹部続けるためにいつも親たちとバトってる。まったく表情にださないで笑ってるだろ。そういうとこ、すげーよなって思う」

陰ながらわたしを支えてくれる長渕先輩の笑顔を思い起こす。

蘭先輩の話を聞いていて、わたしも伝えたいことが頭のなかにいっぱいわき出てき

た。なにを言いたいのだかよくわからないまま、わたしは口を開いた。

「放課後になって、ひとりでチューバを吹いてるといろんな教室からみんなの音が流れてきます。最近はどの音を誰がだしているのかすぐにわかるようになってきました。その姿が鮮明に思い浮かぶようになってます。あー、今日も渚が揺れてるな、甚太郎がしゃべりかけながら健太を叩《たた》いてるなって見えるんです。音だけでみんなの感情もわかるようになってきました。八幡はいまいちパンチがないな、お腹空《す》いてるんだろうな。西大寺の音色は明るいな、なんかいいことあったのかなって。蘭先輩や詩織先輩の気持ちや表情だって、ホルンやトロンボーンの音だけで心のなかに入ってくる」

だめだ、泣いちゃいそうだ。

でも言わなきゃ、伝えなきゃ。

「パート練習になると一本の音が何本かに重なって聴こえてくる。あー、もうすぐ合奏だ。この音の束が太い幹になる。音の縦糸と横糸が絡みあって複雑な織物になる。今日はどんな音になるんだろう。ミタセンはなにを言い出すんだろう。怖いけど、なんだかワクワクしてくる。そのときが一番幸せなんです。わたしにとって、いとおしい、失いたくない、かけがえのない、大切にしたい時間なんだと気づいたんです。こんな時間が永遠に続けばいいのになって……。でも楽しい時間はいつまでも続かない。

蘭先輩とだって、蘭先輩とだって、こんなに、こんなに仲良くなれたのに、やっとしゃべれるようになったのに、もうすぐお別れしなきゃなんない」

涙がとまらなくなっちゃった。

「終わらないでって……。この仲間ともっともっといっしょに続けていたい……。ときがとまって欲しいっ……。さびしい。最近とってもさびしいんです」

蘭先輩も大粒の涙をこぼした。

いっしょに泣いてくれて、うれしかった。

いつもと変わらぬ八王子の空が、わたしたちを見下ろしている。

非常階段に座ったままバカみたいにふたりで泣いた。


九月十日はやっぱり快晴だった。去りゆく夏の太陽が、最後のご奉公だとまだまだがんばっているので、少し汗ばむくらい。

「行ってきまーす」

集合時間にはまだはやいんだけど、いつもの登校時間に家をでた。

うっそうと茂った遊歩道の木々から日ざしが洩《も》れてくる。

この街ができてから二十五年あまり。街路樹もだいぶ太くなってきた。

見なれた集会場もカラフルなマンション群もそれなりの年月を経て根付いてきた感じ。ひとがいると街は育っていく。

日曜日なのでふだんと違い、散歩やランニングをしているひととすれ違う。

「おはようございます」

「日曜日なのに朝から学校なの？」

「はい」

「行ってらっしゃい」

知らないひとなんだけどおじぎをして別れを告げる。

なんだかんだ言っても、やっぱりこの街が好きみたい。

だってわたしはニュータウンっ子なんだもん。

ショッピングモールの角を曲がり、坂の上がり下がりを二度繰り返すと小高い丘にわが母校である浅川高校があらわれる。

さあ、今日こそ決戦だわ。

バスに乗り込みいざ出陣。

世田谷《せたがや》区にある昭和《しょうわ》女子大学の人見《ひとみ》記念講堂に降り立つと、すでにいろんな参加校が集まっていた。

「すげーな」

「勝ち残ってきた学校はなんか違うね」

白いジャケットに黒いパンツと蝶《ちょう》ネクタイ、あるいは青いブレザーに白いズボン。ふだんの制服で臨むわたしたちと違い、強豪校はコンクール用の衣装を着用しているのだ。

こちらの姿を見かけると、

「こんにちは」と向こうの方から声をかけてくる。

あわててわれらが吹部も、

「こんにちは」と頭を下げる。

運んでいる楽器もイングリッシュホルン、コントラファゴット、それに名前すら知らないようなものまで、多様なものがそろっている。

いきなりの先制パンチに圧倒される。

よく見てみると、どの学校も女子部員はみんな短髪をピンで留めているか、うしろでくくってポニーテールにしているかのどちらかだ。

蘭先輩みたいな茶髪女や、渚のツインテールみたいなふざけたスタイルの女の子は、見当たらない。

「みんな同じ髪型してますね」小声で長渕先輩に尋ねてみると、

「強豪の吹奏楽部は校則だけじゃなくて、厳しい部則が定められているのよ。学校の成績がわるくなったり遅刻が多かったりすると部活停止になっちゃうところも多いみたい」

と教えてくれた。

部員の数が異様に多い学校もある。

「全日本の常連校だと百五十人から二百人くらいの部員がいる。生徒どうしがブラインド越しに音だけ聴いてコンクールメンバーを決める学校もあるんだよ。完全実力主義だと、三年間コンクールに出場できない部員だっていっぱい出てくる」

今度は西大寺が教えてくれた。

「そっか。ウチらみたいに全員が舞台に上がれるわけじゃないんだ」わたしが言うと、

「なんか強豪校ってキビキビしててカッコイイね」真帆が声をかけてきた。

「わたしらとは違った意味で厳しい青春を過ごしてきたんやね」奏が受けると、

「でもさ、でもさ、同じように多くの時間を楽器と向き合いながら過ごしてきたんだから、やっぱりやっぱり仲間だよ」と渚が断言する。

そう。理想の音をみんなで創り上げるという共通の夢を追い求めてきた仲間たち。

戦わなきゃいけない相手だけど、みんな納得のいく演奏をして欲しい。がんばれ、みんな。がんばれ、わたしたち。

辰吉さんの姿が目に入ったのであわてて手を振る。いつものGパンにカジュアルな装いだけど、あいかわらずセンスがいい。

「来てくださってありがとうございます」

「沙耶ちゃんのチューバの音、絶対に聴き洩らさないから」

「なんか緊張するな」

「本気の夢を見せてね」

ミタセンに中年の男性が声をかけた。

どこかで見覚えのある顔。誰だっけ？　そうだ、西大寺のおとうさんだ。ミタセンと面識があるとは知らなかった。

思わず駆け寄っていく。

「おひさしぶりです。覚えてらっしゃいますか？　小さいころなんどもお邪魔した近所の鏑木です」

「ああ、本当にひさしぶりだね。宏敦から聞いてたけど、こんなに立派なお嬢さんになったんだ。あなたが吹奏楽部を再建してくれたんだってね。ありがとう。おかげで宏敦も音楽に戻ることができたよ。また遠慮なく遊びにきてね」

なんか昔会ったときよりおだやかなひとになっている。

「楽器が着いたよ」

会場に来てくださっている方たちに手ばやくあいさつして、トラックのところへ走っていく。

なにもかも順調に進んでいると思っていた矢先のできごとだった。

人見講堂は建物のまわりに余裕があるので、各校とも警備員の指示のもと、空いているところにトラックを停め、楽器を降ろしていた。

八幡がうしろの扉を開けたときのこと。

いきなりひとつの荷物が飛び出して、転がりはじめたのである。

まちがいない。あのスネアドラム。榊甚太郎の「健太」だ。

そのまま道路に転がり出てしまった。

「あっ」と言って甚太郎が「健太」を追いかけると、そこに他校のトラックが入ってくる。

危ない。

甚太郎が突っ込もうとする瞬間、西大寺が身を挺《てい》してタックルする。

「バン」

とてつもない衝撃音が響く。

甚太郎は西大寺のおかげで無事だったものの、「健太」は即死だった。

「健太ー、健太ー」

ぺしゃんこになったスネアを抱きしめながら甚太郎は泣き叫ぶ。

大変なことが起こってしまった。

楽器のひとつくらいなら、どこかの学校から借りることも可能だろう。

しかし榊甚太郎にとってのスネアはただの楽器ではない。分身だ。いわば腕をもがれたようなものである。

もはや再起不能ではなかろうか。吹部の不安はマックスになる。

そのときだった。

「さかきー、さかきー」ミタセンが号泣しながら榊甚太郎のもとへ走っていき、きつく抱きしめる。

他人の感情にはとんと無頓着《むとんちゃく》で、共感性に乏しかったはずのミタセンが、「健太」の死亡事故には落涙《らくるい》する。その文脈というか、感情の流れがまったくつかめない。この男の琴線《きんせん》はどこにあるんだろう。

ミタセンは涙を隠そうともせず、へしゃげたスネアドラムからヘッドをはぎ取り、榊甚太郎のポケットにねじ込んだ。

「替わりの楽器は用意する。キミの演奏を健太に聴かせてやれ。弔《とむら》い合戦だ」と叫ぶ。

すると甚太郎は、やはり泣きながらも、

「わかりました」と力強く答えた。

心配そうに見つめていた北川真紀もホッと胸をなでおろす。

部員たちは舞台袖《そで》でも心地よい緊張を味わっていた。

硬くなってはいるものの、以前のようにガチガチというわけではない。

今回が初めてのコンクールとなる八幡太一だけは妙に張り切っている。

「どうしたのよ、そんなに気合い入っちゃって」

「会場にいる恵那にオレのペットで愛を届けるんだ」

その瞬間、西大寺が思いっきり頭をぶっ叩《たた》く。

「本番前にのろけんじぇねえ」

「いてーなー、もう。本気で叩くなよ」

清水真帆はおだやかに笑っていた。

「真帆、どうしたのよ。緊張しないの？」

「それがおかしいの、楽しみで楽しみでしかたないのよ。ただただワクワクしてるの」

「どうなっちゃったんだろう？」

「どうなっちゃったのか自分でもわからない」

「今日はセカンドだから緊張しねーんだろ」八幡が尋ねると、

「べつにいまファースト吹けって言われても大丈夫だよ。なんなら代わってあげようか？」

「ダメダメ、恵那と約束してんだから」

「じゃあ、今日だけはファースト譲ってあげる。でも次回からは実力勝負だからね」

「それにしても真帆、変わったんだね」

「なんかこのまえ予選で気絶したときに、性格が変わっちゃったみたいなんだ。あがり症のわたしはあのとき死んじゃったみたい」

「へー」

「それにね、ああいう生物を見てると緊張するのがバカらしくなってくるでしょ」

真帆の指先には遠足前の子どものようにはしゃぎまくるミタセンがいた。

「どうせ失敗しても死ぬわけじゃないし、大丈夫なような気がしてくるのよね」

そう、わたしたちはどんどん成長していっている。

変わっていくわたしたちの気持ち。

変わっていくわたしたちの風景。

変わっていくわたしたちのからだ。

そして、
変わっていくわたしたちの音。

わたし自身だって変わったと思う。

いままで自分のことが好きじゃなかったけど、少しだけイケてるような気がしてきた。

本番直前になって円陣を組む。

「なんかサッカー日本代表みたいだね」

「絶対に負けられない戦いが、そこにはある。みたいな」

ミタセンが小さく声をかける。

「全日本、行っちゃうよ」

「はい」

みんなの声はもちろんひとつにまとまった。

暗幕から洩《も》れる一筋のライトがわたしたちを呼んでいる。

企画協力

馬場正英（東京都立片倉高等学校）
甘粕宏和（バンドディレクター）
千葉正志（東京都立片倉高等学校）

丸谷明夫（大阪府立淀川工科高等学校名誉教諭・吹奏楽部顧問）

土井尚久（Linkmark）

本書は二〇一三年八月に飛鳥新社より刊行された単行本を加筆修正のうえ文庫化したものです。

この作品はフィクションです。実在の人物、団体等とは一切関係ありません。

吹《すい》部《ぶ》！

赤《あか》澤《ざわ》竜《たつ》也《や》

平成28年 6月25日　初版発行
令和7年 4月25日　14版発行

発行者●山下直久

発行●株式会社KADOKAWA
〒102-8177　東京都千代田区富士見2-13-3
電話　0570-002-301（ナビダイヤル）

角川文庫 19811

印刷所●株式会社KADOKAWA
製本所●株式会社KADOKAWA

表紙画●和田三造

●お問い合わせ
https://www.kadokawa.co.jp/（「お問い合わせ」へお進みください）
※内容によっては、お答えできない場合があります。
※サポートは日本国内のみとさせていただきます。
※Japanese text only

ISBN978-4-04-103548-1　C0193

◆◇◇

角川文庫発刊に際して

角川源義

第二次世界大戦の敗北は、軍事力の敗北であった以上に、私たちの若い文化力の敗退であった。私たちの文化が戦争に対して如何に無力であり、単なるあだ花に過ぎなかったかを、私たちは身を以て体験し痛感した。西洋近代文化の摂取にとって、明治以後八十年の歳月は決して短かすぎたとは言えない。にもかかわらず、近代文化の伝統を確立し、自由な批判と柔軟な良識に富む文化層として自らを形成することに私たちは失敗して来た。そしてこれは、各層への文化の普及滲透を任務とする出版人の責任でもあった。

一九四五年以来、私たちは再び振出しに戻り、第一歩から踏み出すことを余儀なくされた。これは大きな不幸ではあるが、反面、これまでの混沌・未熟・歪曲の中にあった我が国の文化に秩序と確たる基礎を齎らすためには絶好の機会でもある。角川書店は、このような祖国の文化的危機にあたり、微力をも顧みず再建の礎石たるべき抱負と決意とをもって出発したが、ここに創立以来の念願を果すべく角川文庫を発刊する。これまで刊行されたあらゆる全集叢書文庫類の長所と短所とを検討し、古今東西の不朽の典籍を、良心的編集のもとに、廉価に、そして書架にふさわしい美本として、多くのひとびとに提供しようとする。しかし私たちは徒らに百科全書的な知識のジレッタントを作ることを目的とせず、あくまで祖国の文化に秩序と再建への道を示し、この文庫を角川書店の栄ある事業として、今後永久に継続発展せしめ、学芸と教養との殿堂として大成せんことを期したい。多くの読書子の愛情ある忠言と支持とによって、この希望と抱負とを完遂せしめられんことを願う。

一九四九年五月三日

角川文庫ベストセラー

赤川次郎ベストセレクション①
セーラー服と機関銃
赤川次郎

父を殺されたばかりの可愛い女子高生星泉は、組員四人のおんぼろやくざ目高組の組長を襲名するはめになった。襲名早々、組の事務所に機関銃が撃ちこまれ、早くも波乱万丈の幕開けが——。

赤川次郎ベストセレクション②
セーラー服と機関銃・その後——卒業——
赤川次郎

星泉十八歳。父の死をきっかけに〈目高組〉の組長になるはめになり、大暴れ。あれから一年。少しは女らしくなった泉に、また大騒動が！　待望の青春ラブ・サスペンス。

バッテリー　全六巻
あさのあつこ

中学入学直前の春、岡山県の県境の町に引っ越してきた巧。ピッチャーとしての自分の才能を信じ切る彼の前に、同級生の豪が現れ!?　二人なら「最高のバッテリー」になれる！　世代を超えるベストセラー!!

図書館戦争シリーズ①
図書館戦争
有川　浩

2019年。公序良俗を乱し人権を侵害する表現を取り締まる『メディア良化法』の成立から30年。日本はメディア良化委員会と図書隊が抗争を繰り広げていた。笠原郁は、図書特殊部隊に配属されるが……。

図書館戦争シリーズ②
図書館内乱
有川　浩

両親に防衛員勤務と言い出せない笠原郁に、不意の手紙が届く。田舎から両親がやってくる!?　防衛員とバレれば図書隊を辞めさせられる!!　かくして図書隊による、必死の両親攪乱作戦が始まった!?

角川文庫ベストセラー

角川文庫ベストセラー

きみが見つける物語
十代のための新名作　恋愛編

編／角川文庫編集部

はじめて味わう胸の高鳴り、つないだ手。甘くて苦かった初恋――。読者と選んだ好評アンソロジーシリーズ。恋愛編には、有川浩、乙一、梨屋アリエ、東野圭吾、山田悠介の傑作短編を収録。

きみが見つける物語
十代のための新名作　こわ～い話編

編／角川文庫編集部

放課後誰もいなくなった教室、夜中の肝試し。都市伝説や怪談――。読者と選んだ好評アンソロジーシリーズ。こわ～い話編には、赤川次郎、江戸川乱歩、乙一、雀野日名子、高橋克彦、山田悠介の短編を収録。

きみが見つける物語
十代のための新名作　不思議な話編

編／角川文庫編集部

いつもの通学路にも、寄り道先の本屋さんにも、見渡してみればきっと不思議が隠れてる。読者と選んだ好評アンソロジー。不思議な話編には、いしいしんじ、大崎梢、宗田理、筒井康隆、三崎亜記の傑作短編を収録。

きみが見つける物語
十代のための新名作　切ない話編

編／角川文庫編集部

たとえば誰かを好きになったとき。心が締めつけられるように痛むのはどうして？　読者と選んだ好評アンソロジー。切ない話編には、小川洋子、荻原浩、加納朋子、川島誠、志賀直哉、山本幸久の傑作短編を収録。

きみが見つける物語
十代のための新名作　オトナの話編

編／角川文庫編集部

大人になったきみの姿がきっとみつかる、がんばる大人の物語。読者と選んだ好評アンソロジーシリーズ。オトナの話編には、大崎善生、奥田英朗、原田宗典、森絵都、山本文緒の傑作短編を収録。

角川文庫ベストセラー

角川文庫ベストセラー

ホルモー六景　万城目　学

あのベストセラーが恋愛度200%アップして帰ってきた!……千年の都京都を席巻する謎の競技ホルモー、それに関わる少年少女たちの、オモシロせつない恋模様を描いた奇想青春小説!

鴨川ホルモー　万城目　学

このごろ都にはやるもの、勧誘、貧乏、一目ぼれ——謎の部活動「ホルモー」に誘われるイカキョー(いかにも京大生)学生たちの恋と成長を描く超級エンタテインメント!!

吉野北高校図書委員会　山本　渚

気の合う男友達の大地がかわいい後輩とつきあいだした。彼女なんて作らないって言ってたのに。地方の高校を舞台に、悩み揺れ動く図書委員たちを瑞々しく描いた第3回ダ・ヴィンチ文学賞編集長特別賞受賞作。

吉野北高校図書委員会2　委員長の初恋　山本　渚

頼れる図書委員長・ワンちゃんの憧れは、優しい司書の牧田先生。ある日、進路のことで家族ともめたワンちゃんは、訪れた司書室で先生の意外な素顔を目撃してしまい……。高校2年生の甘酸っぱい葛藤を描く。

吉野北高校図書委員会3　トモダチと恋ゴコロ　山本　渚

高3になったかずらは、友達として側にいてくれる藤枝への想いの変化に戸惑っていた。一方大地はあるきっかけから、かずらを女の子として意識しはじめ……好きと友達の境界線に悩む図書委員たちの青春模様。